파리 경찰청,
르페브르 가 36번지

KB131735

생폴리앵에
지다

SIMENON

Maigret

생폴리앵에
지다

SIMENON
Maigret

조르주 심농 · 최애리 옮김

매그레 시리즈 03

1
매그레 반장의 범죄

아무도 눈치채지 못한 일이었다. 단 세 사람의 여행자가 기다리고 있는 작은 역의 대합실에서 무슨 일이 일어나고 있다고는, 아무도 생각하지 않았다. 커피와 맥주와 레모네이드 냄새가 섞인 맥 빠진 분위기였다.

오후 5시, 날이 어두워지고 있었다. 전깃불은 이미 켜졌지만, 유리창 밖으로 아직 부두의 우중충한 풍경이 내다보였고, 세관과 철도국 공무원들이 바삐 오가는 것을 볼 수 있었다. 네덜란드와 독일 양국의 공무원들이었다.

노이샨츠 역은 네덜란드 북단, 독일과의 국경에 있었기 때문이다.

별 볼일 없는 역이었다. 노이샨츠는 아주 작은 마을로 주요 노선은 그 역을 지나지 않는다. 급료가 높은 네덜란드 쪽 공장으로 일하러 다니는 독일 노동자들이 아침저녁으로 통근하는 기차들이 고작이다.

매번 똑같은 절차가 되풀이된다. 독일 기차가 플랫폼 한쪽 끝에 정차하고, 네덜란드 기차가 반대쪽 끝에 대기한다.

오렌지색 헬멧을 쓴 직원들과 녹색 아니면 감색 제복을 입은 직원들이 통관 절차를 위한 대기 시간을 함께 보낸다.

한 번에 도착하는 승객이라야 스무 명 정도인 데다가, 세관원과 허물없이 이름을 부르는 단골들이므로, 통관은 금방 끝난다.

그러고 나면 다들 구내식당으로 몰려간다. 국경에 있는 기차역의 구내식당들은 다 비슷하다. 가격은 센트와 페니히, 두 가지로 적혀 있다. 진열장에는 네덜란드 초콜릿과 독일 담배가 들어 있다. 사람들은 진이나 슈납스[1]를 마신다.

후텁지근한 저녁이었다. 계산대를 지키는 여자가 졸고 있었다. 커피 주전자가 김을 뿜어내고 있었다. 부엌문이 열려 있어서, 라디오가 지직거리는 소리가 들려왔다. 한 소년이 라디오를 만지작거리고 있었다.

흔한 광경이었지만, 그래도 몇 가지 사소한 것들만으로도 그 분위기에는 어딘가 막연한 모험과 비밀의 느낌이 감돌았다.

1 독일이나 네덜란드산(産)의 독한 증류주.

예를 들면, 두 나라의 제복이라든가! 독일의 동계 스포츠 광고와 유트레히트 무역 박람회 광고가 섞여 있는 것이라든가…….

한구석에 앉아 있는 사내가 눈에 띄었다. 나이는 서른 쯤 되었을까, 다 해어진 옷을 입고, 헬쑥한 얼굴에 면도도 하지 않았으며, 뭐라 형용할 수 없는 잿빛 중산모를 쓰고 있었다. 온 유럽을 헤매 다닌 행색이었다.

그는 네덜란드 기차를 타고 왔다. 브레멘행 차표를 내보이자, 역무원은 그에게 독일어로 설명했다. 그가 산 표는 가장 멀리 돌아가는 노선이고, 그 노선에는 급행도 없다는 것이었다.

사내는 무슨 말인지 못 알아듣겠다는 몸짓을 했다. 그러고는 구내식당에서 커피를, 프랑스어로 주문했다. 호기심 어린 눈길들이 그를 향했다.

그는 퀭한 눈매에 불안한 열기를 띠고 있었다. 담배를 아랫입술에 꼬나물고 피우는 모습만으로도 지친 듯한, 다 귀찮다는 듯한 기색이 완연했다.

그의 발치에는 작은 여행 가방이 놓여 있었다. 아무 시장에서나 파는 싸구려지만, 새것이었다.

커피를 가져오자, 그는 호주머니에서 동전을 한 줌 꺼냈다. 프랑스와 벨기에 동전, 네덜란드의 작은 은전들이 뒤섞여 있었다.

여급이 커피 값만큼의 동전을 직접 추려 가야 했다.

그 옆 테이블에 앉아 있는, 크고 육중한 체격에 어깨가 떡 벌어진 여행자는 별로 눈길을 끌지 않았다. 그는 벨벳 칼라가 달린 두툼한 검정 외투를 입었으며, 셀룰로이드 테에 매듭만 거는 식의 넥타이를 착용하고 있었다.

첫 번째 사나이는 긴장한 태도로 연방 유리문 밖의 직원들을 살폈다. 기차를 놓치기라도 할까 봐 걱정하는 듯했다.

두 번째 사나이는 태연하게, 거의 무심한 태도로 파이프 담배를 뻐끔거리며 그를 지켜보고 있었다.

초조한 기색의 여행자가 화장실에 가느라 잠시 자리를 비웠다. 그러자 두 번째 여행자는 몸을 굽히지도 않고 그저 슬쩍 발을 놀려 작은 여행 가방을 자기 쪽으로 끌어가더니, 그 대신 똑같이 생긴 가방을 밀어 놓았다.

반 시간 후에 기차가 출발했다. 두 사람은 삼등차의 같은 찻간에 올라탔지만, 서로 한마디도 건네지 않았다.

레르에서 다들 내리자 기차는 거의 텅 비었지만, 그래도 그 두 승객을 태운 채 계속 달렸다.

열차가 브레멘 역의 거대한 유리 지붕 밑으로 미끄러져 들어간 것은 밤 10시가 되어서였다. 아크등 불빛 때문에 얼굴들이 다 파리해 보였다.

첫 번째 여행자는 독일어를 전혀 모르는 것이 분명했다. 그는 몇 번이나 길을 잘못 들어 일등 승객용 레스토랑에 들어갔다가 되돌아 나오기를 거듭한 끝에 간신히 삼등 승객용 간이식당에 들어갔지만, 거기서도 자리에 앉지 않았다.

그는 소시지가 든 작은 빵을 손가락으로 가리켜 보이고는 그것을 가져가고 싶다는 뜻을 몸짓으로 전했고, 이번에도 동전 한 움큼을 내밀어 값을 치렀다.

반 시간 이상 그는 역 주변의 넓은 길들을 이리저리 헤매었다. 작은 여행 가방을 손에 든 채 무엇인가를 찾는 듯했다.

유유히 그 뒤를 따르던 벨벳 칼라의 사나이는 그가 왼쪽에서 시작되는 가난한 동네로 접어드는 것을 보고 비로소 그가 무엇을 찾는지 알아차렸다.

그가 찾는 것은 그저 값싼 숙소였다. 발걸음이 점점 지쳐 가는 듯한 젊은이는 그런 곳을 몇 군데 미심쩍은 듯 살피더니, 그중에서도 가장 허름한 여인숙을 골라잡았다. 현관문 위쪽에 큼직한 우윳빛 유리 공이 달려 있는 집이었다.

그는 여전히 한 손에 여행 가방을 들고, 한 손에는 얇은 종이에 싼 소시지 빵을 들고 있었다.

길은 시끌벅적했다. 안개가 내리기 시작해 진열창의

불빛들이 뿌옇게 흐려졌다.

묵직한 외투를 입은 사나이는 앞서 들어간 사내의 옆방을 어렵사리 얻어 들어갔다.

살풍경한 방이었다. 가난한 방이란 세상 어느 곳에서나 다 비슷한 법이다. 다만, 세상 어느 곳에서보다도 독일 북부에서는 그 가난함이 한층 더 음울한 색조를 띠었다.

두 방 사이에는 출입문이 하나 있고, 문에는 열쇠 구멍이 나 있었다.

그래서 그는 옆방의 사내가 여행 가방을 여는 것을 지켜볼 수 있었다. 가방 안에는 헌 신문지밖에 들어 있지 않았다.

사내는 보기 딱할 만큼 새하얗게 질리더니, 떨리는 손으로 가방을 뒤집어 흔들었으나, 신문지만 방바닥에 흩어질 뿐이었다.

그가 사온 빵은 여전히 종이에 싸인 채 탁자에 놓여 있었다. 그러나 사내는, 오후 4시 이후로 아무것도 먹지 않았음에도 불구하고, 빵은 거들떠보지도 않았다.

그는 방을 뛰쳐나가 역으로 돌아가려 했으나, 줄곧 길을 잘못 드는 바람에 열 번도 넘게 길을 물어야 했다. 서툰 발음 때문에, 사람들은 그가 묻는 말을 간신히 알아들었다.

「*Bahnhof*(역)……!」

그는 다급한 나머지 말뜻을 알리느라 칙칙폭폭 기차 소리를 흉내 내기까지 했다.

역에 도착한 그는 드넓은 대합실을 이리저리 돌아다니며 두리번거리다가 짐 가방들이 쌓여 있는 곳을 보자 도둑놈처럼 조심스레 다가가 자기 가방이 거기 없는지 들여다보았다.

누가 자기 것과 비슷한 종류의 가방을 들고 지나가기만 해도 놀라서 움찔거렸다.

외투의 사나이는 여전히 그를 뒤따르며, 둔중한 시선을 거두지 않았다.

자정이 되어서야 두 사람은 차례로 여인숙으로 돌아갔다.

열쇠 구멍을 통해 젊은 사내가 손으로 머리를 싸안고 의자에 주저앉아 있는 모습이 드러났다. 이윽고 그는 자리에서 일어나더니, 손가락을 퉁겨 딱 소리를 냈다. 분노와 체념이 담긴 동작이었다.

그것으로 끝이었다. 그는 호주머니에서 권총을 꺼내더니 입을 쩍 벌려 총구를 들이대고는 방아쇠를 당겼다.

다음 순간, 그 방에 몰려든 여남은 명의 사람 중에 매그레 반장도 끼어 있었다. 그는 여전히 벨벳 칼라가 달린 외투를 입은 채, 출입을 통제하려 애썼다. 여기저기서

〈*Polizei*(경찰)〉와 〈*Mörder*(살인자)〉라는 두 마디 말이 들려왔다.

죽은 젊은이는 살았을 때보다도 한층 더 가련한 모습이었다. 신발 밑창은 닳아서 구멍이 나 있었고, 쓰러질 때 말려 올라간 바짓단 밑으로는 생뚱맞은 빨간 양말과 털이 난 허연 정강이가 드러나 보였다.

순경이 한 사람 도착해 강압적인 음성으로 몇 마디 하자, 사람들은 층계참으로 밀려났다. 매그레만이 파리 수사국 배지를 내보이고 그 자리에 남았다.

순경은 프랑스어를 할 줄 몰랐고, 매그레는 독일어를 몇 마디 더듬거리는 정도였다.

10분 후에는 벌써 자동차 한 대가 여인숙 앞에 멈춰 섰고, 사복 경찰들이 몰려 들어왔다.

이제 층계참에서는 〈*Polizei*〉에 이어 〈*Franzose*(프랑스인)〉라는 말이 들려왔고, 매그레에게 호기심 어린 눈길이 쏟아졌다. 하지만 몇 마디 명령만으로 그 모든 동요는 진정되었고, 마치 전기 스위치를 내리기라도 한듯 웅성거림이 뚝 그쳤다.

투숙객들은 제각기 방으로 돌아갔다. 길에는 구경꾼들이 멀찍이 모여 서서 말없이 지켜보고 있었다.

매그레 반장은 잇새에 여전히 파이프를 물고 있었으나, 담뱃불은 이미 꺼져 있었다. 차진 진흙을 엄지손가락으로 꾹꾹 눌러 빚은 듯한 살집 좋은 얼굴은 두려움 같기도 하고 낭패감 같기도 한 표정을 띠고 있었다.

「여러분은 여러분 방식대로 수사를 하시되, 저도 제 수사를 계속하도록 해주십시오!」 그가 말했다. 「한 가지는 확실합니다. 이 사람은 자살을 했습니다. 프랑스 사람이고……」

「이자를 미행해 온 겁니까?」

「설명하자면 깁니다……. 여기 감식반에서 가능한 한 선명한 사진을 찍어 주면 좋겠습니다. 여러 각도에서 얼굴이 나오게 말입니다……」

소란했던 방이 조용해져 있었다. 두세 명만이 방 안을 돌아다니며 조사를 시작했다.

그중 한 사람은 젊고 혈색이 좋으며 머리를 짧게 깎고 모닝코트에 줄무늬 바지를 입고 있었다. 금테 안경의 유리알을 이따금씩 닦아 대는 그는 〈과학 경찰의〉라는 명찰을 달고 있었다.

역시 혈색이 좋지만 복장은 그렇게 격식을 차리지 않은 또 한 사람이 사방을 뒤지며 무엇인가 프랑스어로 말하려 애썼다.

발견한 것이라고는 여권이 전부였다. 여권에는 루이 죄네라는 이름과 오베르빌리에 출신 기계공이라는 사실만이 적혀 있었다.

권총에는 벨기에의 에르스탈 사(社) 상표가 찍혀 있었다.

파리 오르페브르 가의 수사국 본부에서는 그날 밤 매그레가 어디서 무엇을 하고 있는지 꿈에도 알지 못할 것이었다. 그는 운명의 무게에 짓눌린 듯 묵묵히 독일 경찰들이 하는 일을 지켜보았다. 불 꺼진 파이프를 여전히 입에 문 채 고집스러운 표정으로, 사진사며 법의관들에게 자리를 내주느라 이리저리 비켜서면서 기다린 끝에 새벽 3시가 되어서야 알량한 수확을 손에 넣을 수 있었다. 즉, 죽은 자의 옷과 여권과 여남은 장의 사진이었다. 사진 속의 얼굴은 플래시 때문에 전혀 다른 사람처럼 보였다.

그가 죽인 것이나 다름없었다. 그는 실제로 거의 그렇게 생각할 정도였다.

하지만 알지도 못하는 사람이었다! 그에 대해 무엇 하나 아는 것이 없었다! 그에게 법적인 책임을 묻는 증거는 어디에도 없었다.

사태의 발단은 그 전날 브뤼셀에서 전혀 뜻하지 않게 일어났다. 매그레는 임무 때문에 그곳에 갔었다. 프랑스에서 추방된 이탈리아 난민들의 행동이 불온한 낌새를 보여, 벨기에 경찰이 그 문제를 의논해 왔던 것이다.

다분히 휴가 같은 여행이었다. 회의가 예상보다 일찍 끝나는 바람에, 반장은 몇 시간쯤 여유가 생겼다.

그래서 그는 그저 호기심에 몽타뉴 오 제르브 포타제

르^{2}에 있는 작은 카페에 들어갔다.

아침 10시밖에 되지 않아 카페에는 손님이 거의 없었다. 하지만 명랑하고 친근한 인상의 주인이 그에게 한담을 늘어놓는 동안, 매그레는 홀 안쪽의 어둑한 구석에 앉아 있는 한 손님이 이상한 행동을 하는 것을 눈여겨보았다.

초라한 몰골의 사내였다. 대도시에서는 흔히 만날 수 있는, 그저 뭔가 요행을 바라는 〈전문적 백수〉로 보였다.

그런데 그는 주머니에서 1천 프랑짜리 지폐를 수북이 꺼내 세더니, 회색 종이로 포장을 한 다음 보퉁이를 노끈으로 묶어서 그 위에 주소를 쓰는 것이었다.

지폐가 적어도 30장은 되었다. 3만 벨기에 프랑이다! 매그레는 미간을 모았다. 사내가 다 마신 커피 값을 치르고 나가자, 그는 그 뒤를 밟아 근처의 우체국까지 따라갔다.

거기서 그는 사내의 어깨 너머로 주소를 볼 수 있었다. 못 배운 사람의 것이라고는 볼 수 없는 글씨로 이렇게 씌어 있었다.

파리, 로케트 가 18번지
루이 죄네 앞

2 브뤼셀 중심부 구시가의 채소 시장. 약초 시장에서 채소 시장에 이르는 구간에 19세기 중엽에 만들어진, 길이 2백 미터 이상 되는 회랑이 고급 상점가로 유명하다.

하지만 그를 한층 더 놀라게 한 것은, 소포의 내용물을 〈인쇄물〉이라 기재한 것이었다.

3만 프랑의 돈을 그저 신문지나 광고 나부랭이처럼 소포로 부친다고! 더구나 등기도 아닌 일반으로! 우체국 직원이 무게를 달더니 말했다.

「70상팀입니다……」

발송자는 요금을 치르고 나가 버렸다. 매그레는 수취인의 이름과 주소를 기억해 두었다. 우연히 낯선 사내를 미행한 결과 벨기에 경찰에 선물을 하게 될지도 모른다는 생각으로 빙긋이 웃었다. 어쩌면 이제 곧 브뤼셀 경찰청장을 찾아가 대수롭잖게 말할 수 있을 것이다.

「그런데, 괴즈랑빅[3]을 한잔하러 들어갔다가, 사기꾼 한 놈을 만났습니다……. 이러이러한 곳에 가면 놈을 잡을 수 있을 겁니다.」

매그레는 유쾌해졌다. 부드러운 가을 햇빛이 거리에 넘쳐, 스치는 바람결이 따스했다.

11시에, 문제의 사내는 뇌브 가의 상점에서 32프랑을 주고 인조 가죽(이라기보다는 인조 천 같은)으로 된 여행 가방을 하나 샀다. 매그레도 장난삼아 똑같은 물건을 샀지만, 그것으로 딱히 어떻게 해보자는 심산은 없었다.

11시 반에, 사내는 이름도 알 수 없는 어느 골목에 자

3 벨기에 특산 맥주.

리 잡은 여인숙으로 들어가더니, 잠시 후에 다시 나와 북역으로 가서 암스테르담행 기차를 탔다.

사태가 이쯤 되자 매그레도 멈칫했다. 그 얼굴을 어디선가 본 것 같다는 막연한 인상이 그의 결정에 영향을 미쳤을까?

〈이건 분명 아무 일도 아닐 거야! ……하지만 진짜 중요한 사건이라면 어쩐다?〉

서둘러 파리로 돌아가야 할 일은 없었다. 네덜란드 국경에 이르자 사내는 세관에 도착하기에 앞서 여행 가방을 객차 지붕 위로 던져 올렸는데, 그런 일을 많이 해본 솜씨였다. 매그레는 내심 놀랐다.

〈두고 보면 알겠지. 어디선가는 내릴 테니까……!〉

그런데 그는 암스테르담에도 내리지 않았고, 오히려 브레멘행 삼등 차표를 사는 것이었다. 기차는 네덜란드의 들판과 운하들을 지나 달렸다. 운하에는 돛배가 점점이 떠서 마치 들판을 항해하는 것처럼 보였다.

노이샨츠…… 브레멘…….

매그레는 혹시나 해서 가방을 바꿔치기해 본 것이었다. 몇 시간째 고심을 해보았지만 이 정체불명의 사내는 경찰에서 파악하고 있는 어떤 범주에도 들지 않았다.

〈진짜 국제적인 사기범치고는 너무 긴장해 있어! 그렇다면 그저 두목을 걸려들게 할 수도 있을 잔챙이일

까? ……음모가? ……무정부주의자? ……저자는 프랑스
어밖에 못하는 거 같은데, 프랑스에는 음모가도 과격파
무정부주의자도 사라졌거든! ……그렇다면 그저 따로 노
는 야바위꾼……?〉

하지만 무슨 야바위꾼이 3만 프랑이나 되는 돈을 아
무렇게나 포장하여 우송해 놓고 저렇게 초라하게 산다는
말인가?

사내는 술을 마시지 않았고, 오래 기다려야 하는 역에
서도 커피를 마시고 이따금 작은 빵이나 브리오슈를 먹
는 것이 고작이었다.

그는 노선도 잘 모르는지, 번번이 이정표를 확인했고
제대로 가고 있는지 조바심을 냈다. 지나칠 만큼 안절부
절못했다.

별로 튼튼해 보이지도 않았다. 하지만 손은 육체노동
을 하는 티가 났다. 손톱이 길게 자라고 때가 낀 것으로
보아서는 일을 그만둔 지 꽤 된 듯했다.

안색은 빈혈 때문인지 극도의 가난 때문인지 매우 창
백했다.

매그레는 장난처럼 범법자의 손발을 묶어 벨기에 경찰
에 인계하려던 애초의 유쾌한 생각을 차츰 잊었다.

이 수수께끼 같은 상황이 그의 호기심을 자극했다. 그
는 스스로에게 변명했다.

〈암스테르담은 파리에서 별로 멀지 않으니까!〉

얼마 후에는 또 이렇게 둘러댔다.

〈뭐! 브레멘에서도 급행을 타면 13시간이면 돌아가고 말고!〉

　사내가 죽었다. 수상한 서류는 지니고 있지 않았다. 그가 무슨 일을 해왔는지 짐작이 갈 만한 물건도 없었다. 유럽 어디서나 볼 수 있는 상표의 권총 한 자루가 전부였다.

　그가 자살한 이유는 가방을 도둑맞았다는 것뿐인 듯했다. 애초에 죽을 생각이었다면, 뭣하러 역 구내식당에서 빵을 사 왔겠는가?

　또, 뭣하러 여기까지 왔겠는가? 권총 자살이야 브뤼셀에서도 할 수 있는데 하필 독일의 여인숙을 찾아와 죽는단 말인가?

　그의 가방이 남아 있으니, 어쩌면 그것이 단서가 될 성싶었다. 그래서, 경찰이 시신을 벌거벗겨 머리끝부터 발끝까지 검사하고 사진을 찍은 다음 시트에 싸가지고 경찰차에 실어 가버리자, 반장은 자기 방으로 돌아가 문을 잠갔다.

　그의 얼굴이 굳어 있었다. 평소 하던 대로 파이프에 담배를 담아 엄지손가락으로 자근자근 누르는 동작은 단지 자신이 침착하다는 것을 스스로 납득시키려는 것일

뿐이었다.

죽은 자의 고통스러운 표정이 그를 괴롭혔다. 그가 손가락을 딱 소리 나게 퉁기고는 곧장 벌린 입에 권총을 쏘던 모습이 계속 눈앞에 어른거렸다.

그런 당혹감 내지는 후회에 가까운 감정 때문에, 그는 힘들게 망설인 끝에야 가방에 손을 대었다.

그래도 이 가방에는 뭔가 그의 죽음을 설명할 만한 것이 들어 있겠지! 잠시나마 불쌍히 여겼던 사내가 정말로 사기꾼이요 위험인물이며 어쩌면 살인범임을 보여 주는 증거라도 들어 있지 않을까?

열쇠는 뇌브 가의 상점에서 산 그대로 손잡이에 묶인 끈에 달려 있었다. 매그레는 가방을 열고 어두운 회색 양복을 한 벌 끄집어냈다. 죽은 자가 입었던 것보다는 덜 낡은 것이었다.

양복 밑에는 때 묻은 셔츠 두 장이 목둘레와 소맷부리가 해어진 채 둘둘 말려 있었다.

그리고 떼었다 붙였다 하는 칼라가 하나 들어 있었다. 가느다란 붉은 줄무늬 칼라로, 목에 닿은 부분이 새까매진 것을 보아 적어도 2주일은 달고 지낸 듯했다. 역시 다 해지고 때 묻은 것이었다.

이상이 전부였다……! 가방 바닥에는 녹색 종이가 발려 있고, 아직 사용하지 않은 새 버클이 달린 고정용 끈

두 개가 있었다.

매그레는 옷을 털어 보고 주머니를 뒤져도 보았다. 아무것도 들어 있지 않았다!

왠지 모를 침통한 심정으로, 그는 그래도 무엇인가 찾아내지 않으면 안 될 것만 같았다.

한 사내가 오로지 이 가방을 도둑맞았다는 이유만으로 자살을 하지 않았던가……? 그런데 고작 낡은 양복과 더러운 셔츠밖에 들어 있지 않다니……!

종이 한 장 없었다! 도대체 서류라 할 만한 것이라고는 없었다! 죽은 자의 과거에 대해 짐작이 갈 만한 단서라고는 없었다!

방은 야한 색깔의 꽃무늬가 그려진 싸구려 새 벽지로 도배되어 있었다. 반면, 가구들은 낡아서 흔들거리는 것이 망가지기 직전이었다. 테이블보는 하도 더러워서 손 닿는 것도 역겨울 정도였다.

길은 비어 있었다. 가게들은 덧문을 닫았지만, 1백 미터쯤 떨어진 네거리에서는 아직도 자동차들이 지나가는 소리가 들려와 그의 마음을 가라앉혀 주었다.

매그레는 옆방으로 통하는 출입문을 바라보았다. 몸을 구부리고 열쇠 구멍을 들여다볼 엄두는 나지 않았다. 그는 경찰의 전문가들이 만약의 경우에 대비해 옆방 마룻바닥에 시신의 윤곽을 그려 두었던 것이 생각났다.

그는 가방에 들었던, 접었던 자리가 구겨진 양복을 손에 든 채 발끝으로 조용히 옆방으로 건너갔다. 다른 투숙객들의 잠을 깨우지 않으려는 것이었지만, 또 한편으로는 그의 어깨를 짓누르는 의문 때문이기도 했다.

바닥에 그려진 몸의 윤곽은 비뚤비뚤하기는 했지만 크기는 정확했다.

그 위에 상의와 바지와 조끼를 올려놓아 본 그의 눈이 번쩍 빛났다. 그는 자신도 모르게 파이프 물부리를 깨물었다.

양복은 적어도 세 치수는 더 큰 것이었다! 그것은 죽은 자의 것이 아니었다!

그 부랑자가 그토록 소중히 가방에 지니고 다닌 것, 얼마나 소중했던지 잃어버렸다고 해서 목숨까지 버린 그것은, 남의 옷이었다!

2
조제프 반 담

　브레멘의 신문들은 그저 몇 줄짜리 기사를 실었다. 루이 죄네라는 이름의 한 프랑스 기계공이 시내 호텔에서 자살했으며, 자살 동기는 생활고로 추정된다는 내용이었다.

　그러나 그 몇 가지 사실도 이튿날 아침 그 기사가 나갈 무렵에는 이미 부정확한 것이 되고 말았다. 여권을 뒤적이던 매그레의 눈에 이상한 점이 들어왔기 때문이다.

　여권 제6면에는 여권 소지자의 인상착의를 나이, 키, 머리칼, 이마, 눈썹 등의 순서로 기재하게 되어 있는데, 머리칼과 이마의 순서가 바뀌어 있었던 것이다.

　여섯 달 전에 파리 경찰청에서는 생투앙에서 여권, 병적(兵籍) 수첩, 외국인 등록증을 위시한 각종 공문서를 대량 위조하는 공장을 적발한 일이 있었다. 그래서 그런 가짜 신분증을 상당히 입수했는데, 위조범들의 자백에 따르면 이미 여러 해 전부터 수백 장의 위조 신분증이 시중에 유출되었다고 했다. 하지만 장부가 없기 때문에 누가 그런 위조 신분증을 사 갔는지 알 수 없다는 것이었다.

루이 죄네의 여권 또한 그런 종류의 것이었으니, 그렇다면 자살한 사내의 이름은 루이 죄네가 아니었다.

따라서, 수사의 거의 확실한 유일한 근거마저 사라진 셈이었다. 그날 밤 자살한 사내는 정체불명이었다!

오전 9시에 반장은 당국으로부터 필요한 모든 허가를 받아 가지고 시체 공시소에 도착했다. 문이 열리는 즉시 일반인의 입장이 허용되는 것이었다.

그는 어둑한 구석에 비켜서서 드나드는 사람들을 지켜볼 심산이었지만, 마땅한 곳이 없었다. 하기야 망을 본다 해도 딱히 기대하는 바도 없기는 했다. 시내의 건물 대부분이 그렇고 모든 공공건물이 그렇듯이, 공시소도 현대식 건물이었다.

그런데도 파리의 오를로주 강변로에 있는 해묵은 공시소보다 더 음산한 분위기였다. 반듯한 선과 면, 온통 새하얀 벽면들과 거기 반사되어 눈을 쏘는 빛, 발전소 기계들처럼 광이 나게 닦인 냉장 시설 같은 것들 때문이었다.

그곳은 마치 현대식 공장과도 같았다. 말하자면 인간의 시체를 원료로 하는 공장인 셈이었다.

가짜 루이 죄네가 거기 있었다. 예상보다는 덜 손상된 모습이었다. 전문가들이 어느 정도 얼굴을 복구해 놓은 덕분이었다.

젊은 여자 한 명, 항구에서 건져 낸 익사자 한 명이 더 있었다.

티끌 하나 없는 제복 차림의 혈색 좋은 수위는 마치 박물관 수위처럼 보였다.

뜻밖에도, 한 시간쯤 지나는 동안 서른 명 남짓한 사람들이 줄지어 들어왔다. 한 여자가 그곳에 나와 있지 않은 시체를 보겠다고 신청하자, 전기 벨 소리에 이어 전화로 번호를 알리는 소리가 들려왔다.

그러자 2층 어느 방에서 벽 전체를 차지하는 거대한 벽장의 서랍 하나가 미끄러져 나와 승강기에 실렸고, 몇 분 후 1층에는 철제 상자 하나가 나타났다. 마치 도서관에서 신청한 책이 열람실에 도착하는 것과도 같은 방식이었다.

그것은 신청한 바로 그 시체였다! 여자는 몸을 굽혀 들여다보더니 흐느꼈다. 그러고는 안쪽의 사무실로 안내되어 갔고, 젊은 서기가 그녀의 진술을 받아 적었다.

루이 죄네를 찾는 이는 없었다. 하지만 10시쯤 되자, 자가용 승용차에서 내린 세련된 차림의 한 사내가 공시실에 들어와 두리번거리며 자살자를 찾더니, 다가가서 유심히 들여다보았다.

　매그레는 몇 걸음밖에 떨어져 있지 않았다. 가까이 가면서 방문객을 뜯어보니 독일인은 아닌 것 같았다.

　한편, 그 사내는 반장이 자기 쪽으로 오는 것을 보자 움찔하며 당황하는 기색이었다. 매그레에 대해 그도 비슷한 생각을 한 듯했다.

　「프랑스 분이십니까?」 사내가 먼저 물었다.

　「그렇습니다. 선생께서도?」

　「사실 저는 벨기에 사람입니다만……. 브레멘에 산 지는 몇 년 됐지요.」

　「그런데 죄네라는 사람을 아십니까?」

　「아닙니다! 저는 그저…… 오늘 아침 신문에서 웬 프랑스 사람이 브레멘에서 자살을 했다는 기사를 봤지요……. 파리에도 꽤 오래 살았거든요……. 그래서 호기심에 한번 와보고 싶었을 뿐입니다.」

　매그레는 그런 경우 항상 그렇듯이 눈썹 하나 까딱하지 않는 침착성을 보였다. 그럴 때면 그의 얼굴은 마치 소처럼 우둔하고 고집스러운 표정이 되곤 했다.

　「경찰에서 오셨습니까?」

　「그렇습니다! 수사국에서요…….」

　「이 일 때문에 일부러 여기까지……? 아니, 내 정신 좀 보게나……. 그럴 리는 없겠지요, 자살은 간밤에 일어났다니 말입니다! ······브레멘에 아는 프랑스 분들이 계십니까? 아니라고요? 그렇다면 제가 뭔가 도움이 될 수도 있겠군요······. 함께 아페리티프라도 하시렵니까?」

잠시 후 매그레는 그를 따라 그의 차로 갔고, 사내는 손수 차를 몰았다.

그는 말이 많았다. 서글서글하고 활달한 사업가의 전형이라 할 만했다. 그는 모르는 사람이 없는 듯, 길 가는 이들에게 인사를 건네고 건물들을 가리켜 보이며 설명을 했다.

「저건 노르트도이처(북독일) 로이드 사(社) 배입니다······. 그 회사에서 진수한 새 여객선 얘기는 들어 보셨는지요? 그 회사도 제 고객이랍니다······.」

그는 거의 모든 창문에 제각기 다른 상호가 붙어 있는 건물을 하나 가리켜 보였다.

「저 건물 5층 왼쪽이 제 사무실입니다······.」

유리창 위에는 에나멜 글자로 다음과 같은 상호가 붙어 있었다. 〈조제프 반 담, 수출입 중개〉.

「어떤 때는 한 달씩이나 프랑스어 한 마디 못하고 지낸다면 믿으시겠습니까? 제 사원들은 물론이고 비서까지도 모두 독일 사람들이거든요······. 사업상 어쩔 수 없답니다.」

매그레의 얼굴에서 심중을 읽기란 어려운 일이었다.

예민함이란 그와는 거리가 먼 자질이었다. 상대가 무슨 말을 하든 수긍했고, 멋있지요 하면 멋있습니다 할 뿐이었다. 반 담이 자기 차의 서스펜션이 특허품이라고 자랑할 때도 마찬가지였다.

그는 반 담을 따라 큰 맥주홀로 들어갔다. 사업가들이 북적이며 목청껏 떠들어 대고, 빈 오케스트라가 지치지도 않고 연주를 계속하는 가운데, 맥주잔들이 부딪히는 소리가 요란했다.

「여기 손님들이 얼마만 한 거액을 움직이는지 상상도 안 가실 겁니다!」 반 담은 감탄했다. 「자, 들어 보세요! ……독일어를 모르시나요? ……옆자리 손님은 지금 오스트레일리아에서 유럽으로 선적 수송 중인 양모를 거래하고 있답니다. 그런 배가 30~40척이라는 거예요……. 이런 사람들이 얼마든지 더 있어요……. 뭘 드시겠습니까? 필젠이 괜찮습니다만……. 그런데…….」

매그레는 화제가 바뀌어도 그저 덤덤한 얼굴이었다.

「그런데, 이 자살 사건을 어떻게 생각하십니까? 여기 신문들이 말하듯 생활고 때문이었을까요?」

「그럴 수도 있겠지요.」

「조사를 하고 계십니까?」

「아니요! 그건 독일 경찰 소관입니다. 게다가 자살이 분명하니까요…….」

「물론이지요! ……저도 뭐 프랑스인이라기에 관심이 갔을 뿐입니다. 프랑스인들은 이렇게 북쪽까지 오는 일이 드물거든요!」

그는 막 자리를 뜨려는 어떤 사내를 따라 나가 악수를 하고, 부산스레 자리로 돌아왔다.

「실례했습니다! …… 저이는 큰 보험 회사 사장이랍니다. 수억대를 주무르는 사람이지요……. 그런데 참 반장님……. 정오가 다 되었군요……. 오늘 점심은 저와 함께 하시면 어떨까요? 저는 미혼이라 집으로 초대하기는 어렵습니다만……. 음식도 파리만은 못하겠지요. 하지만 그래도 너무 허술하지는 않게 해보겠습니다……. 그럼 그렇게 하시는 거지요……?」

그는 웨이터를 불러 돈을 치렀다. 그가 주머니에서 지갑을 꺼낼 때의 동작은 매그레가 그런 부류의 사업가들에게서 종종 보던 것이었다. 증권 거래소 부근에서 아페리티프를 마시는 자들 특유의, 아무나 흉내 내기 어려운 그 동작 — 가슴을 불룩하게 앞으로 내밀고 등을 약간 뒤로 젖히면서, 턱을 내려 붙이고, 무심하면서도 흡족한 태도로 저 신성한 물건을, 지폐로 꽉 채워진 저 가죽 지갑을 여는 것이다.

「자, 가십시다……!」

그는 오후 5시쯤에야 반장을 놓아주었다. 직원 세 명과 타자수가 있는 자기 사무실까지 구경시킨 다음이었다.

그러고도 그는 매그레에게 만일 그날 중으로 브레멘을 떠나지 않는다면 유명한 카바레에 함께 가자는 약속까지 받아 냈다.

반장은 군중 속으로 돌아와서도 혼자 생각에 잠겼다. 도무지 초점이 맞지 않는 생각, 딱히 생각이라 하기도 어려운 상념들이었다.

그는 마음속에 두 사람의 모습을 떠올려 보고 그들 사이의 관계를 이리저리 엮어 보았다.

분명 관계가 있기는 했다! 반 담은 알지도 못하는 사내의 시체를 들여다보러 일부러 공시소를 찾지는 않았을 터이다. 그저 오랜만에 프랑스어를 하게 되니 반갑다는 이유만으로 매그레를 점심에 초대한 것도 아니었을 것이다.

게다가 그는 반장이 사건에 무관심한 듯이, 어수룩한 듯이 보이자 비로소 조금씩 본연의 모습을 되찾았던 것이다.

아침에 그는 불안해 보였고, 웃는 것도 자연스럽지 않았었다.

하지만 반장과 헤어질 때쯤에는 평소의 중견 사업가다운 모습으로 돌아가, 왔다 갔다 하며 흥분하여 떠들고 거물 재력가들과 아는 척을 하고 자동차를 몰고 전화를 하고 타자수에게 명령을 내리고 비싼 식사를 주문하고…… 득의에 차서 자신만만해했다.

그런가 하면, 저 부랑자는 헬쑥한 얼굴에 다 떨어진 옷, 구멍 난 신발을 신고 기껏해야 소시지 빵이나 사서 그나마도 먹지 못한 채 죽었다!

반 담은 또 어디서 동무를 구해, 아까처럼 빈 음악과 맥주로 흥청대는 분위기 가운데 저녁의 아페리티프를 들 것이다.

6시가 되면 시체 공시소에서는 금속제 서랍이 소리 없이 미끄러져 나와 가짜 죄네의 벌거벗은 시신을 덮을 것이고, 그런 다음 그것은 승강기로 운반되어, 냉장실의 일련번호가 매겨진 칸에서 다음 날 아침까지 머물 것이다.

매그레는 경찰서 쪽으로 걸음을 옮겼다. 경찰관들이, 아직 그럴 계절이 아닌데도 웃통을 벗은 채 붉은 담장이 둘린 마당에서 체조를 하고 있었다.

실험실에서는 꿈꾸는 듯한 눈매의 젊은이가 그를 기다리고 있었다. 그 옆 탁자 위에는 사망자의 모든 소지품이 놓여 있고, 그 하나하나에 표찰이 붙어 있었다.

그는 정확한 프랑스어를 구사했으며, 적절한 단어를 사용하는 데 자부심을 느끼는 듯했다.

그는 우선 죄네가 자살 당시 입고 있던 회색 양복에 대한 설명부터 시작했다. 안감을 뜯어 재봉 선을 샅샅이 조사했지만 특기할 점이 없었다고 했다.

「이 옷은 파리의 벨 자르디니에르 제품입니다. 천은 면 50퍼센트를 함유한 것입니다. 즉, 값싼 옷이지요. 기름얼룩이 검출되었는데, 광물성 기름인 것으로 보아 이 사람은 공장이나 작업장, 차고에서 일했거나 아니면 그런 곳에 자주 갔던 것 같습니다. 속옷에는 상표가 없습니다. 구두는 랭스에서 산 것이더군요. 구두도 양복과 마찬가지로, 질이 낮고 값싼 대량 생산품입니다. 양말은 노점상에서 켤레당 4~5프랑에 파는 면양말입니다. 구멍이 났지만, 기운 적이 없습니다.

옷가지를 전부 질긴 종이 봉지에 넣고 흔들어서, 모인 먼지를 분석해 보았습니다. 그 결과 기름얼룩이 어디서 묻은 것인지 확인할 수 있었습니다. 즉, 천에는 고운 금속 먼지가 끼어 있었는데, 그런 먼지는 조립공이나 선반공, 일반적으로 말해 기계를 다루는 작업장에서 일하는 사람들의 소지품에서 발견되는 것이지요.

그런데 두 번째 양복 — 양복 B라 부르겠습니다 — 에서는 이런 단서들이 나오지 않았습니다. 게다가 그건 안 입은 지 여러 해 된 것입니다. 최소한 6년은 됩니다.

또 다른 차이가 있습니다. 양복 A의 주머니들에서는 프랑스 전매청의 담배, 이른바 회색 담배라는 싸구려 담배 가루가 나왔습니다. 반면 B의 주머니들에는 이집트 담배를 모방한 누런 담배 가루가 남아 있었습니다.

하지만 가장 중요한 점은, B에서 검출된 얼룩이 기름 얼룩이 아니라는 것입니다. 그것은 인간의 피, 아마도 동맥혈이 오래된 흔적입니다.

양복 B는 세탁한 지도 여러 해 되었습니다. 이 옷을 입었던 사람은 문자 그대로 피투성이가 되었던 것이 분명합니다. 끝으로, 찢어진 자리들로 보아서는 몸싸움이 벌어졌던 것 같습니다. 곳곳에, 특히 옷깃에, 마치 손톱으로 할퀸 듯이 올이 뜯어져 있습니다.

양복 B에는 상표가 있습니다. 리에주의 오트소브니에르 가에 있는 로제 모르셀 양복점입니다.

권총은 2년 전에 단종된 모델입니다.

반장님 주소를 남겨 주시면, 제 상관들께 제출할 보고서의 사본을 만들어 보내드리겠습니다.」

그날 저녁 8시까지, 매그레는 필요한 수속을 마쳤다. 독일 경찰은 그에게 죽은 자의 옷과 가방에 들었던 옷, 즉 감식 전문가가 양복 B라 불렀던 옷을 넘겨주었다. 그리고 시체는 프랑스 경찰 소관으로 하되, 새로운 통지가 있기까지 공시소의 냉장실에 보관해 두기로 했다.

매그레는 조제프 반 담의 신상명세서도 사본을 떠두었다. 그는 리에주에서 플랑드르인 부모에게서 태어났으

며, 외판원으로 일하다가 지금은 자기 명의의 수출입 중
개상을 차리고 있었다.

나이는 서른두 살에 미혼이었고, 브레멘에 정착한 지
는 3년밖에 되지 않았는데, 처음에는 어려웠지만 그럭저
럭 사업도 잘되는 듯했다.

반장은 여관방으로 돌아가 여행 가방 두 개를 앞에 놓
고 오랫동안 침대 가장자리에 앉아 있었다.

그는 옆방으로 통하는 출입문을 열어 두었는데, 옆방
은 전날 밤과 똑같은 상태였다. 그런 일이 있었는데도 거
의 어질러지지 않은 것이 놀라웠다. 벽에 걸린 태피스트
리의 붉은 꽃 아래 보이는 작은 갈색 얼룩만이 유일한 핏
자국인 듯했다. 탁자 위에는 종이에 싼 작은 소시지 빵
두 개가 그대로 있었다. 파리가 한 마리 앉아 있었다.

아침에 매그레는 사망자의 사진 두 장을 파리의 수사
국 본부로 보냈고, 가능한 한 많은 신문에 그 사진을 내
달라고 부탁해 두었다.

수사는 파리에서 시작해야 할까? 적어도 파리의 주소
하나는 확보하고 있었다. 죄네가 브뤼셀에서 자기 자신
앞으로 1천 프랑짜리 지폐 서른 장을 보낸 곳이다.

아니면 리에주에서 찾아봐야 할까? 양복 B는 여러 해
전 거기서 산 것이라니 말이다. 아니면 죽은 자의 구두가
만들어진 곳이라는 랭스에서? 아니면 죄네가 3만 프랑짜

36

리 소포를 꾸리던 곳인 브뤼셀에서? 또 아니면 그가 자살을 하고, 그를 알지도 못한다고 주장하는 조제프 반 담이라는 자가 그의 시체를 보러 나타난 곳인 브레멘에서?

여인숙 주인이 나타나 독일어로 뭐라고 일장 연설을 늘어놓았다. 반장의 짐작으로는 사건이 벌어졌던 방을 정리해 손님을 받아도 되겠느냐고 묻는 듯했다.

그는 무뚝뚝하게 그러라 하고는, 손을 씻고 방세를 치르고 문제의 가방 두 개를 들고 나왔다. 누가 봐도 싼 티나는 그 가방들은 그의 여유 있는 풍채에 도무지 어울리지 않았다.

수사를 딱히 어느 특정한 지점에서 시작해야 할 이유는 없었다. 일단 파리로 돌아가기로 한 것은, 그곳의 너무나 생소한 분위기가 그의 습관과 사고방식에 영 맞지 않아 그를 울적하게 만들었기 때문이다.

하다못해 담배마저도 노르스름하고 너무 가벼워서, 태울 맛이 나지 않았다.

급행열차 안에서 한숨 자고 일어나 보니 벨기에 국경이었고, 날이 새고 있었다. 반 시간 후에는 리에주를 지나면서, 차창 밖을 멍하니 내다보았다.

기차는 역에 30분밖에 머물지 않았으므로, 오트소브니에르 가의 양복점을 찾아가 볼 시간은 없었다.

오후 2시에 파리 북역에 도착, 군중을 뚫고 그가 처음으로 찾아간 곳은 담배 가게였다.

프랑스 잔돈을 찾느라 잠시 호주머니를 뒤지는데, 누가 떠밀었다. 가방 두 개는 발치에 내려놓은 채였다. 가방을 다시 들려고 보니, 하나밖에 없었다. 주위를 둘러보았지만, 경찰을 불러 봐야 소용없을 것이 뻔했다.

그래도 한 가지는 다행이었다. 그에게 남은 가방 하나의 손잡이에 열쇠가 달린 가느다란 노끈이 매여 있었다. 양복이 들어 있는 가방이었다.

도둑은 헌 신문지가 든 가방을 가져간 것이었다.

그저 역 주변에 어정대는 좀도둑이었을까? 그렇다면 하필 그렇게 초라한 가방을 훔친다는 것이 이상하지 않은가?

매그레는 택시를 잡아타고, 길거리의 친숙한 소음과 담배 연기를 함께 음미했다. 창밖에 스쳐 가는 가판대의 신문 제1면 사진이 언뜻 눈에 들어왔다. 브레멘에서 보낸 루이 죄네의 사진이었다.

그는 리샤르르누아르 가의 자기 집에 들러 옷도 갈아입고 아내에게 인사도 할 작정이었지만, 역에서 일어난 일 때문에 신경이 쓰였다.

〈정말로 노린 것이 양복 B였다면, 내가 그걸 가지고 몇 시에 도착한다는 것을 파리에 있는 누가 대체 어떻게 알

수 있었을까?〉

노이샨츠와 브레멘에서 본 부랑자의 그 비쩍 마른 모습과 창백한 얼굴 주위에 겹겹의 수수께끼들이 얽혀 드는 듯했다. 사진의 원판을 현상액에 담글 때처럼, 검은 그림자들이 떠오르는 듯했다.

그는 그것들의 정체를 밝혀야 했다. 얼굴들을 선명하게 분간하고, 각기 이름을 붙이고, 그들이 대체 어떤 사람들이며 어떤 사연이 있는지 알아내야 했다.

당분간 사진 원판의 한복판에는 벌거벗은 시체와 가차 없는 빛 가운데 사진 찍힌 얼굴이 놓여 있을 뿐이었다. 정상적인 얼굴처럼 보이게끔 독일 의사들이 기워 맞춰 놓은 얼굴이었다.

대체 어떤 그림자들인가? ……우선, 파리에서 조금 전에 가방을 훔쳐 간 자가 있다. 그리고 브레멘에서든 다른 어느 곳에서든 그에게 귀띔한 자가 있다……. 어쩌면 조제프 반 담일까……? 아마 아닐 것이다! ……여러 해 전에 양복 B를 입었던 자도 있다. 그리고 그와 싸우다가 피를 흘리게 했던 자도……!

또, 가짜 죄네에게 3만 프랑을 구해 준 자, 또는 그 돈을 도둑맞은 자도……!

햇빛이 화창했고, 화로에 불을 피워 훈훈해진 노천카페에 사람들이 넘쳤다. 운전사들은 서로 고함치고, 사람들은 무리 지어 버스와 전차에 올라탔다.

그 득실대는 인파 가운데서, 뿐만 아니라 브레멘과 브뤼셀과 랭스와 그 밖에도 여러 곳의 인파 가운데서, 두세 사람 혹은 네댓 사람을 골라내야 하는 것이다…….

어쩌면 더 많을까……? 어쩌면 더 적을까……?

매그레는 경찰청의 삭막한 정면을 반가운 심정으로 바라보았고, 가방을 든 채 안뜰을 가로질러 가며, 사환 아이를 만나자 친근하게 이름을 불러 말을 건넸다.

「내 전보는 받았나……? 불은 피워 놓았고……?」

「아, 그런데 신문에 난 사진 때문에 찾아온 여자분이 있어요! 대기실에서 두 시간 전부터 기다리고…….」

매그레는 외투와 모자를 벗을 겨를도 없었다. 가방조차 내려놓지 않았다.

대기실은 수사 반장들의 사무실이 줄지어 있는 복도 맨 안쪽에 있는 방으로, 벽이 유리로 되어 있고 녹색 벨벳을 씌운 의자 몇 개가 놓여 있었다. 벽돌로 된 한쪽 벽에는 순직한 경관들의 명단이 있었다.

그 의자 중 하나에 한 여자가 앉아 있었다. 아직 젊었고, 가난한 이들 나름의 단정한 차림새를 하고 있었다. 등잔불 밑에서의 오랜 바느질과 임시변통을 그대로 드러내는 옷차림이었다.

그녀는 검은 천으로 만든 외투 위에, 좁다란 모피 깃을 달고 있었다. 회색 실장갑을 낀 손에는 매그레가 들고 있는 것처럼 인조 가죽으로 된 가방을 들었다.

반장은 그녀와 사망자가 묘하게 닮은 데에 놀라지 않을 수 없었다.

생김새가 닮은 것이 아니었다! 그러나 표정이, 굳이 말하자면 계급이 비슷하다고나 할까.

그녀 역시 용기를 잃은 이들 특유의 흐릿한 눈동자에 지친 눈꺼풀을 하고 있었다. 콧구멍은 오그라들고, 얼굴에 화색이라고는 없었다.

그녀는 두 시간 전부터 기다리면서 아마 자리를 옮기거나 움직일 엄두조차 내지 못했을 터였다. 유리 벽을 통해 매그레가 다가오는 것을 보면서도 마침내 자기가 만나야 할 사람이 왔다고도 생각하지 못했을 터였다.

그는 문을 열었다.

「제 사무실로 오시겠습니까, 부인……」

그녀는 그가 자기를 앞세워 안내하자 놀란 기색이었고, 사무실에 들어가서도 어찌할 바를 몰라 방 한복판에 우두커니 서 있었다. 가방을 든 손에 구겨진 신문을 쥐고 있었으며, 문제의 사진이 반쯤 보였다.

「그 사람을 아신다고 들었습니다……」

그러나 그가 채 말을 맺기도 전에 그녀는 얼굴을 손으

로 가렸다. 입술을 깨물고 울음을 참으려 애쓰며 그녀는
간신히 내뱉었다.

「그이는 제 남편이에요……」

짐짓 태연하게, 그는 묵직한 안락의자를 찾아다가 그
녀 쪽으로 밀어 주었다.

3

픽퓌스 가의 약재상

말문을 열 수 있게 되자, 그녀는 물었다.

「고통이 심했나요?」

「아닙니다, 부인. 즉사였습니다.」

그녀는 손에 들고 있던 신문을 내려다보았다. 그리고 간신히 다시 물었다.

「입안에 총을……?」

반장이 고개를 끄덕여 보이자, 그녀는 순간 침착해지며 마룻바닥을 응시했다. 그러고는 마치 개구쟁이 자식 이야기라도 하는 듯한 어조로 근엄하게 말했다.

「아무튼 남들 같은 데라고는 없는 사람이었어요!」

그녀는 아내는커녕 애인처럼도 보이지 않았다. 채 서른 살도 되지 않았을 그녀에게서는 어머니다운 부드러움이, 수녀와도 같은 차분한 상냥함이 느껴졌다.

가난한 사람들은 절망의 표현을 억제하는 데 익숙해져

있다. 일단 살아야 하고, 일을 해야 하고, 매일 매시간 필요한 것들을 해결하느라 급급하기 때문이다. 그녀는 손수건으로 눈가를 닦았다. 코가 붉어져서 예쁘게 보이지 않았다.

반장을 향해 고개를 들며 그녀는 슬픔으로 굳어진 입술에 미소를 띠려 애썼다.

「몇 가지 여쭤 봐도 되겠습니까?」

반장은 책상 앞에 앉아 물었다.

「남편 되시는 분의 성함이 루이 죄네가 맞습니까? ……마지막으로 집을 나가신 것이 언제였습니까?」

그녀는 또다시 울음이 터지려는 듯, 눈물이 그렁그렁해졌다. 손수건을 꼭꼭 말아 작고 단단한 덩어리를 쥐고 있었다.

「2년 전요……. 하지만 한 번 다시 보기는 했어요. 유리창에 얼굴을 대고 집 안을 들여다보는데……. 그때 어머니만 안 계셨더라면…….」

매그레는 그녀가 말하는 대로 내버려 두기만 하면 되었다. 그녀는 그에게 대답한다기보다 자기 자신을 위해 속에 있는 말을 털어놓고 있는 것이었다.

「저희가 어떻게 살았는지 아셔야 하겠지요? 그래야만 루이가 왜 그런 짓을 했는지 아실 수 있을 테니까요……. 제 아버지는 보종에서 간호사로 일하셨어요……. 그리고 작은 약재상을 차리셔서, 어머니가 운영하셨지요. 픽퓌스 가에요…….

　6년 전에 아버지는 돌아가시고, 어머니와 저는 약재상 일을 계속하면서 살았지요. 그러다가 루이를 알게 되었어요.」

　「6년 전이라고 하셨습니까? ……그때 이미 죄네라는 이름이었습니까?」

　「그럼요…….」 그녀는 다소 놀란 듯이 대답했다. 「그는 벨빌의 공장에서 드릴로 구멍 뚫는 일을 하고 있었어요. 수입이 괜찮았지요……. 왜 모든 일이 그렇게 급했는지 모르겠어요……. 상상이 잘 안 가실 거예요……. 그는 매사에 조바심을 냈지요……. 마치 속에서 열이 치받는 것만 같았어요…….

　서로 만난 지 두 달도 못 되어 결혼했고, 그이가 우리 집에 들어와 살았어요…….

　가게 뒤에 살림집이 있었는데, 세 사람이 살기에는 너무 좁았지요……. 그래서 엄마에게는 슈맹베르 가에 따로 방을 얻어 드렸어요. 엄마는 제게 약재상을 넘겨주셨지만 넉넉히 사실 만한 저축이 없었기 때문에, 저희가 매달 2백 프랑씩 보태 드렸어요.

　우리는 정말 행복했어요! ……루이는 아침마다 일하러 나갔고…… 낮에는 엄마가 가게에 와서 함께 지내시고…… 저녁에도 그이는 외출을 하지 않았어요…….

그런데, 어떻게 말씀드려야 할지 모르겠는데…… 항상 어딘가 석연치 않은 느낌이 들었어요!

말하자면, 루이는 우리와는 딴 세상에 사는 사람 같았지요. 그래서 우리의 이 분위기가 그를 짓누르는 것만 같았어요…….

하지만 아주 다정한 사람이었지요…….」

그녀의 표정이 부드러워졌다. 지난 이야기를 털어놓는 모습이 아름답게 보이기까지 했다.

「그런 사람은 많지 않을 거예요……. 그이는 갑자기 저를 끌어안고…… 제 눈을 들여다보곤 했지요. 너무 뚫어져라 보는 바람에 거북할 때도 있었어요……. 어떤 때는 그러다가도 왈칵 저를 밀쳐 내는데, 그런 사람은 본 적이 없어요. 그러고는 한숨을 쉬며 중얼거리는 거예요. 〈하지만 난 당신을 사랑해, 잔…….〉 그러고는 그만이었지요.

그는 뭔가 일거리를 찾아내 골몰하곤 했어요. 그럴 때면 저를 거들떠보지도 않았지요. 가구를 고친다, 제게 편리한 도구를 만들어 준다, 시계를 고친다 하면서 몇 시간씩 보내곤 했어요…….

어머니는 그이를 별로 좋아하지 않았어요. 그가 남들 같지 않다는 바로 그 이유에서였지요…….」

「혹시 소중히 간직하는 물건은 없었습니까?」

「그걸 어떻게 아세요?」

그녀는 깜짝 놀라 소스라치며, 빠른 어조로 대답했다.

「낡은 양복요! ……언젠가 옷장 위에 놓아둔 상자에서 그걸 꺼내 솔질을 하고 있는데 그가 돌아왔어요. 저는 찢어진 데를 손질해 볼 생각이었거든요. 낡았지만 집에서 입을 만했으니까요……. 그런데 루이는 그걸 제 손에서 빼앗더니 화를 내면서 난폭한 말을 퍼부었어요. 그날 저녁에는 정말이지 저를 미워하는 것 같았어요…….

결혼한 지 한 달쯤 지났을 때였지요……. 그 후로는……」

그녀는 한숨지었다. 그러고는 그런 한심한 이야기만 하는 것이 미안하다는 듯한 표정으로 매그레를 쳐다보았다.

「그가 더 이상해졌나요?」

「그이 잘못은 아니에요. 그건 제가 장담해요! ……그이는 병이 들었던 것 같아요……. 뭔가 괴로워하고 있었어요……. 부엌에서 함께 한 시간쯤 즐겁게 지내다가도 갑자기 기분이 변해서…… 더는 말도 하지 않고…… 주위 물건들이나 저를 바라보면서 기분 나쁜 웃음을 띠는 거예요……. 그러다가는 잘 자라는 말도 없이 혼자 들어가 자버리곤 했지요…….」

「그에게 친구는 없었습니까?」

「예! 아무도 찾아오는 사람이 없었어요…….」

「여행도 하지 않고, 편지 오는 것도 없었나요……?」

「예! 그이는 우리 집에 손님이 오는 것도 싫어했어요……. 가끔 옆집 여자가 재봉틀이 없어서 제 것을 잠깐씩 쓰러 오곤 했는데, 그럴 때마다 루이는 화를 냈지요……. 화도 남들처럼 내는 게 아니고……. 뭔가 속에서부터 치미는 것처럼……. 괴로운 건 그이 자신이었어요!

어느 날 제가 임신을 한 것 같다고 했더니, 미친 사람처럼 저를 노려보더군요…….

그때부터, 특히 아이가 태어난 다음부터, 그이는 술을 마시기 시작했어요. 잊을 만하면 한 번씩 폭음을 했지요…….

하지만 그이도 아이를 사랑했다는 걸 저는 알아요! 가끔씩 아이를 들여다보는 눈길이, 처음 사귀기 시작했을 때 저를 보던 눈길처럼 다정했거든요…….

그러다가도 다음 날이면 술에 취해 돌아와 침실 문을 잠그고 드러누워 몇 시간씩, 며칠씩 틀어박히는 거예요…….

처음 몇 번은 제게 울면서 용서를 구하더군요……. 어쩌면, 엄마가 끼어들지만 않았더라면, 어떻게든 함께 살았을 거예요……. 하지만 엄마는 그이의 버릇을 고치려 들었지요……. 여러 번 난리가 났어요…….

특히 그이가 2~3일씩 결근을 하거나 할 때는요!

마지막에 가서는 아주 불행했어요……. 어땠을지 짐

작이 가시지요……? 루이는 점점 더 성질이 나빠졌어요……. 어머니는 그를 두 번이나 내쫓았지요. 여기가 누구 집인지 알기나 하느냐면서요…….

하지만 저는 그이 잘못이 아니라는 걸 확신해요. 그이는 뭔가에 쫓기고 있었던 거예요! ……그래도 가끔은 저와 아이를, 아까도 말씀드렸던 그런 눈길로 바라보곤 했거든요…….

그럴 때가 점점 드물어지기는 했지만요……. 그리고 얼마 가지도 않았지요…….

마지막 언쟁은 끔찍했어요. 엄마가 오셔서……. 루이가 계산대에서 돈을 꺼내 쓴 걸 아시고는 도둑놈 취급을 하셨지요……. 그이는 얼굴이 새하얗게 질리고 눈에는 핏발이 서서……. 상태가 안 좋은 날이면 늘 그랬지만……. 꼭 미친 사람 같았어요…….

그런 상태로 마치 제 목이라도 조를 것처럼 다가오던 모습이 아직도 눈에 선해요. 저는 겁이 나서 비명을 질렀지요. 〈루이!〉 하고요.

그랬더니 그는 나가 버렸어요. 문을 어찌나 세게 닫던지, 유리가 다 깨졌답니다.

그게 벌써 2년 전 일이에요……. 이웃 사람들은 가끔 그가 지나가는 것을 보았다고 해요. 그이가 일하던 벨빌의 공장에도 알아보았지만, 그만두었다더군요…….

하지만 그이가 로케트 가의 작은 공장에서 일하는 걸 봤다는 사람도 있어요. 맥주 펌프를 만드는 공장이라는데…….

저는 여섯 달쯤 전에 그이를 봤어요. 유리창 밖에 있더군요. 문간으로 달려 나가려는데 엄마가 막았지요. 엄마가 다시 가게로 와서 저랑 아이랑 함께 살고 있었거든요…….

그이가 고통은 겪지 않았다고 하셨지요? 즉사였다고요? ……불행한 사람이었어요. 이제 이해하시겠지요…….」

그녀는 마치 그 시절로 돌아간 듯 절실한 어조로 이야기했고, 남편 생각에 몰두한 나머지 자기도 모르게 남편의 괴로운 얼굴 표정을 띠고 있었다.

첫인상에서도 그랬듯이 이 젊은 여자는 브레멘에서 죽은 남자와 얼마나 이상하게 닮았는지, 매그레는 그가 손가락을 짤깍 퉁기고 입안에 권총을 쏘아 버리던 모습이 떠오르는 것을 어쩔 수 없었다.

그녀는 지금까지 이야기해 오던 남편의 심화(心火)에 자기도 사로잡힌 듯했다. 입을 다물었으나 온몸의 신경이 여전히 떨리고 있었다. 밭은 숨을 쉬면서, 자기도 모르는 무엇인가를 기다리고 있는 것만 같았다.

「자기 과거 얘기를 한 적은 없습니까? 어린 시절 이야기라든가…….」

「아니요……. 그이는 워낙 말이 없었어요……. 오베르

빌리에에서 태어났다는 것밖에 몰라요……. 하지만 저는 그이가 하고 있는 일에 비해 교육은 더 잘 받았을 거라고 늘 생각했지요. 글씨도 잘 썼고…… 약초 이름도 라틴어로 다 알고 있었어요. 옆집 잡화상 아주머니도 어려운 편지를 쓸 일이 있으면 그이한테 부탁하곤 했지요…….」

「그의 가족은 만나신 적이 없습니까?」

「결혼 전에 그는 자기가 고아라고 했어요……. 그런데 저도 여쭤 보고 싶은 게 있어요, 반장님……. 그이를 프랑스로 실어 오게 되나요?」

매그레가 대답을 주저하자, 그녀는 난색을 감추려는 듯 시선을 피하며 말했다.

「이제 약재상은 어머니 소유거든요……. 그래서, 돈 때문에요! ……어머니는 그이 시신을 가져오는 비용을 내주시지 않을 거예요……. 제가 그이를 보러 갈 여비도 그렇구요! 그렇다면, 그런 경우에는…….」

목이 메었다. 그녀는 급히 몸을 굽혀 바닥에 떨어뜨린 손수건을 주웠다.

「남편분의 시신을 가져오도록 손을 쓰겠습니다.」

그녀는 매그레를 향해 애처롭게 미소 지으며, 뺨에 흐르는 눈물을 닦았다.

「이제 아셨군요……! 반장님도 저와 같은 생각이시군요……! 그이 잘못이 아니었어요……! 그이는 불행한 사람이었어요……!」

「그는 큰돈을 만졌습니까?」

「봉급뿐이었어요……. 처음엔 그것도 전부 제게 주었지요. 그러다 술을 마시게 되면서부터는…….」

그녀는 또 잠깐 미소 지었다. 서글픈, 그러면서도 연민에 찬 미소였다.

그녀는 다소 진정이 된 상태로 돌아갔다. 목둘레에 좁다란 모피 깃을 여미고, 왼손에는 여전히 가방과 작게 접은 신문지를 꼭 쥐고 있었다.

로케트 가 18번지를 찾아가 보니, 형편없는 여인숙이었다.

그 번지수 일대는 바스티유 광장에서 50미터도 채 떨어져 있지 않았다. 작은 댄스홀이며 싸구려 술집들이 있는 라프 가와 통하는 길목이었다.

1층에 하나같이 선술집을 차린 건물들이 늘어서 있었다. 모두 여인숙으로, 부랑자에 백수, 이민자, 창녀들이 드나들었다.

그런 수상한 동네에 몇 군데 공장이 끼어 있었고, 그런 데서는 육중한 트럭들이 오가는 길거리를 향해 문을 활짝 열어 놓은 채 망치 소리와 산소 용접기의 불꽃이 요란했다.

그렇게 부지런히 일하는 노동자들이며 운송장을 들고 바삐 오가는 용인들로 이루어지는 활기찬 생활과 그 주변을 서성이는 누추한 자들, 막가는 자들의 모습은 기묘한 대조를 이루었다.

「죄네 있나!」

　반장은 중이층에 자리 잡은 사무실 문을 밀치고 들어서며 호령했다.

「지금 없는데요!」

「방은 아직 그대로겠지?」

　경찰임을 눈치챈 듯, 마지못한 대답이 돌아왔다.

「예, 19호입니다!」

「방세는 매주? 매달?」

「월세요.」

「우편물 온 거 있지?」

　처음에는 얼렁뚱땅 넘어가려 하더니, 결국 소포를 내놓았다. 죄네가 브뤼셀에서 자기 자신에게 부친 바로 그 소포였다.

「이런 소포를 많이 받았나?」

「몇 번이요…….」

「다른 우편물은 없었고?」

「없었어요! ……아마 이런 걸 세 번쯤 받았을 거예요……. 조용한 사내였는데……. 왜 경찰이 그를 찾는지 모르겠네요.」

「일은?」

「저기 65번지에서요…….」

「매일 나갔소?」

「글쎄요……. 몇 주씩 잘 나가다가 또 몇 주씩 빼먹기
도 하고…….」

매그레는 방 열쇠를 받아 냈다. 그렇지만 들어가 보니
별것 없었다. 밑창이 완전히 떨어져 못 신게 된 구두 한
켤레, 아스피린이 들어 있던 빈 갑, 그리고 방구석에 던져
놓은 기계공의 내리닫이 작업복이 전부였다.

그는 다시 아래층으로 내려와 관리인에게서 몇 가지 사
실을 더 알아냈다. 즉, 루이 죄네는 찾아오는 사람이 없었
고, 여자들과 어울리지도 않았다는 것, 사나흘씩 어딘가
다녀오는 것 말고는 단조로운 생활을 했다는 정도였다.

하지만 어딘가 켕기는 구석이 없다면 이런 동네의 이
런 여인숙에 들지도 않을 터였다. 그렇다는 것은 관리인
도 매그레만큼이나 잘 알고 있었다. 결국 그는 털어놓고
말았다.

「생각하시는 것 같은 일이 아니에요……. 그 친구, 술이
말썽이었지요! ……마셔도 보통 마셔야지요! 한 번씩 아
주 골로 갔어요……. 마누라와 나는 그걸 월례 행사라 불
렀지요……. 한 3주 꼬박 날마다 출근해서 일하는가 싶다

가는, 또 한동안 술독에 빠져 지내는 거예요. 완전히 뻗을 때까지 마셔 댔지요.」

「수상한 데는 없었소?」

관리인은 어깨를 으쓱해 보였다. 자기 여인숙에 드는 손님치고 수상하지 않은 사람이 있겠느냐는 뜻이었다.

65번지에 가보니, 대로를 향해 열려 있는 큰 공장에서 맥주 펌프를 만들고 있었다. 매그레를 맞이한 십장은 이미 신문에서 죄네의 사진을 보았다고 했다.

「경찰에 신고하려던 참이었습니다! 그 사람은 지난주까지도 여기서 일했어요……. 시간당 8프랑 50을 받았지요!」

「일을 할 때는 그랬겠지!」

「알고 계셨습니까? 그래요, 일을 할 때는 그랬지요! …… 그런 자들이 꽤 많아요. 하지만 다른 사람들은 대개 상습적으로 과음을 하든가 아니면 주말에 폭음을 하든가 하지요. 그런데 그 친구는 어느 날 갑자기 발동이 걸리면 일주일 내내 술독에 빠져 지내는 겁니다……. 한번은 급한 일이 있어서 방으로 찾아갔어요. 그랬더니 아예 침대 곁 방바닥에 술병을 놔두고 병째로 마시고 있더구먼요! 혼자서 그러고 있는 것이 영 말이 아니었어요!」

오베르빌리에에서도 아무런 단서를 찾을 수 없었다. 호적에는 일용직 근로자 가스통 죄네와 하녀 베르트 마리 뒤푸앵의 아들 루이 죄네라는 이름이 올라 있었다. 가스통 죄네는 10년 전에 죽었고, 그의 아내는 그곳을 떠났다고 했다.

루이 죄네에 대해서는, 그가 6년 전에 파리에서 서면으로 출생증명서 사본을 신청했다는 사실이 전부였다.

그렇다 해도 여권은 가짜이며, 따라서 픽퓌스 가 약재상의 딸과 결혼하여 아들을 낳은 후 브레멘에서 자살한 사내는 진짜 죄네가 아니었다!

경찰청의 범죄 기록부에서도 역시 아무것도 발견되지 않았다. 죄네라는 이름의 파일은 없었고, 독일에서 채취한 사망자의 지문과 일치하는 지문도 없었다.

유럽 대부분 나라에서 보내온 기록들도 검토해 보았지만 마찬가지였다. 그 불행한 사내는 프랑스에서도 다른 어떤 나라에서도 법망에 걸려든 일은 없었던 것이다.

루이 죄네에 관해 알 수 있는 사실은 6년 전까지밖에 소급되지 않았다. 6년 전에 루이 죄네라는 이름을 쓰는 자는 기계공으로 성실한 노동자의 삶을 살고 있었다.

그러다 결혼을 했다. 그때 그는 이미 문제의 양복 B를 가지고 있었으며, 그것 때문에 아내와 처음으로 말다툼을 했고, 결국 몇 년 후에는 그것 때문에 죽었다.

그는 아무와도 왕래가 없었고, 서신 왕래도 없었다. 라틴어를 아는 것 같았다는 사실로 미루어 보면 중등 이상의 교육을 받았을 것이다.

사무실로 돌아간 매그레는 독일 경찰에 시신 송환을 요청하는 편지를 썼고, 몇 가지 급한 용무를 처리한 다음, 마뜩잖으면서도 결연한 표정으로 문제의 누런 여행 가방을 다시 열었다. 가방 안의 물건들에는 브레멘의 수사 전문가가 꼼꼼히 붙여 놓은 표찰들이 그대로 달려 있었다.

그는 벨기에 지폐 서른 장 꾸러미를 거기 넣었다가, 문득 생각난 듯 노끈을 풀고 지폐의 일련번호를 적었다. 그러고는 그 목록을 브뤼셀의 경찰에 보내 출처를 조사해 달라고 부탁했다.

그는 그 모든 일을 진지한 태도로 차근차근 해나갔다. 마치 뭔가 유용한 일을 하고 있다고 스스로 다짐이라도 두려는 듯한 태도였다.

그러나 때때로 그의 시선은 책상 위에 늘어놓은 사망자의 사진들 위에 원망스러운 듯 머물렀고, 펜을 허공에 든 채 우두커니 파이프의 물부리를 깨물곤 했다.

이제 별수 없이 퇴근해 집에 가야 하고, 수사는 다음 날로 미루어야겠구나 생각하고 있을 때, 랭스에서 그를 찾는 전화가 왔다.

신문에 난 사진 때문에 걸려 온 전화였다. 랭스의 카르노 가에 있는 〈카페 드 파리〉의 주인이 문제의 인물을 엿새 전에 자기 가게에서 보았다는 것이었다. 그가 분명히 기억하는 것은, 이미 잔뜩 취한 손님에게 더 이상 술을 팔수 없다고 거절해야 했기 때문이었다.

매그레는 멈칫했다. 랭스가 문제되는 것은 이것으로 두 번째였다. 첫 번째는 그의 구두가 랭스에서 만든 것이었고.

그런데 그 닳아빠진 구두는 여러 달 전에 산 것이었다. 그렇다면 루이 죄네는 그저 어쩌다 랭스에 간 것이 아니었다는 말이 된다.

한 시간 후, 반장은 랭스로 가는 급행열차에 몸을 싣고 있었다. 저녁 10시 도착이었다. 카페 드 파리는 꽤 화려한 곳으로, 중산층 고객들이 많았다. 당구대 세 개가 모두 차 있었고, 카드놀이를 하는 테이블도 몇 군데 있었다.

프랑스 지방 도시의 전통적인 카페로, 손님들이 카운터의 종업원과 악수를 하고 웨이터들이 손님을 친근하게 이름으로 부르는 곳이었다. 이 도시의 유지들, 사업가들이 드나들었다.

곳곳에, 행주를 담아 두는 공 모양의 은색 용기들이 놓여 있었다.

「아까 전화를 받았던 수사 반장이오……」

주인은 카운터 근처에 서서 종업원들을 감독하는 한편, 당구대의 손님들에게도 참견을 하고 있었다.

「아! 예……. 하지만 아는 건 이미 다 말씀드렸는데요……」

그는 다소 당황한 듯 목소리를 낮추어 말했다.

「자, 보세요! ……그 사람은 저기, 세 번째 당구대 근처의 구석 자리에 앉아 있었어요. 브랜디를 한 잔 시키더니, 두 잔, 석 잔……. 연거푸 마시더군요. 지금 이 시간쯤이었지요……. 다른 손님들이 연방 곁눈질을 하고……. 글쎄, 뭐랄까요……? 이런 곳에 올 타입이 아니었어요.」

「짐이 있었소?」

「낡은 여행 가방 하나를 가지고 있었는데, 잠금 쇠가 부서져 있었어요. 그가 나갈 때, 가방이 열리면서 안에 든 헌 옷가지가 쏟아졌기 때문에 생각이 납니다……. 가방을 묶게 노끈을 달라고 부탁하기까지 했지요.」

「만난 사람은?」

주인은 당구 치는 사람 중 하나를 흘깃 쳐다보았다. 키가 크고 마른 몸집에 세련되게 차려입은 남자였다. 당구 솜씨가 일품이라, 아마추어들은 그가 공 하나로 공 두 개를 연달아 맞추는 기술을 보면 존경하지 않을 수 없을 터였다.

「글쎄요, 딱히 그런 사람은……. 뭔가 마시지 않으시렵니까? ……자, 여기 앉으십시다!」

그는 쟁반이 쌓여 있는 한 귀퉁이 탁자 앞에 앉았다.

「자정쯤에는 얼굴이 백지장이었어요. 브랜디를 여덟

아홉 잔은 마셨을 겁니다……. 그런데 그 쏘아보는 듯한 눈초리가 영 마음에 들지 않더군요……. 술이 들어가면 그런 사람들이 있지요. 소란도 피우지 않고 떠들어 대지도 않지만, 갑자기 그냥 고꾸라지는 거예요……. 다들 그를 흘깃거렸지요……. 저는 그에게 다가가 더는 술을 팔 수 없다고 말했고, 그도 맞서지 않더군요…….」

「그때까지도 당구 치는 사람들이 있었소?」

「저기 세 번째 당구대에 있는 사람들요……. 매일 오는 단골들이지요. 저녁마다 와서 당구 시합도 열고 클럽도 조직하고 하는 사람들입니다……. 하여간 그 사람은 일어났어요……. 나가는 길에 가방이 열렸고, 도대체 그렇게 취한 상태로 어떻게 끈을 묶었는지 모르지만……. 저는 반 시간 후쯤 문을 닫았지요. 저기 저 손님들도 저와 악수를 하고 나갔는데, 누군가 이런 말을 한 것이 생각납니다. 〈아까 그 친구, 어딘가 도랑에라도 빠져 있는 거 아냐!〉」

주인은 다시금 당구대의 우아한 신사를 바라보았다. 희고 손질이 잘된 손에, 넥타이를 단정하게 맸고, 번쩍거리게 닦은 구두는 그가 당구대 주위를 돌 때마다 저벅거렸다.

「뭐 까놓고 말 못할 이유도 없지요……. 분명 우연이었거나 아니면 잘못 본 것이었겠지만……. 하여간 매달 여기 오는 외판원 하나가 마침 그날 저녁에 왔었는데, 이튿날 아침에 하는 말이 새벽 1시에 그 주정뱅이와 벨루아르 씨가 나란히 걷는 것을 보았다는 거예요……. 두 사람이 벨루아르 씨 집으로 함께 들어가는 걸 봤다고까지 하더 군요…….」

「저 키 큰 금발 머리 말이오?」

「맞아요……. 저분은 여기서 5분 거리쯤 되는 벨 가의 멋진 집에 살지요……. 신탁 은행의 부행장이랍니다.」

「그 외판원은 아직 여기 있소?」

「아니요! 그는 동부 쪽으로 출장을 갔어요. 11월 중순은 되어야 돌아올 겁니다……. 저는 그가 잘못 보았을 거라고 말해 주었지요. 그래도 고집을 부리더군요. 저는 벨루아르 씨에게 농담 삼아 그 말을 하려다가 그만두었습니다……. 기분 나쁘게 들을 수도 있지 않겠어요? ……지금 이 얘기는 제가 말한 걸로 하지 않으시면 좋겠습니다. 어떻든 제게서 나간 얘기로 보이지 않았으면 합니다…….이런 장사에서는…….」

당구 치던 사람은 48점짜리 한 게임을 마친 뒤 주위의 반응을 보려는 듯 한 바퀴 둘러보고는, 큐 끝에 녹색 초크를 칠하다가 카페 주인이 매그레와 함께 있는 것을 보고는 보일 듯 말 듯 눈살을 찌푸렸다.

주인이, 태연하게 보이려는 사람들이 대개 그렇듯이

뭔가 감추는 듯 초조한 얼굴이었기 때문이다.

「당신도 한판 치시오, 에밀 씨……!」 벨루아르가 멀찍이서 소리쳤다.

4

뜻밖의 방문객

새로 지은 집이었다. 설계와 자재 선택에 신경을 많이 써서, 깔끔하고 안락한 느낌, 적당한 현대성과 안정된 부유함이 조화된 느낌을 주었다.

산뜻하게 미장한 붉은 벽돌, 반듯하게 다듬은 석재, 놋쇠 장식이 달린 중후한 목제 현관문 등등…….

매그레가 오전 8시 반이라는 이른 시각에 그 집을 찾아간 것은, 그렇게 불쑥 찾아가 벨루아르 가족이 평소 사는 그대로를 보려는 생각에서였다.

집의 외관은 어떻든 은행의 부행장이라는 지위와 잘 어울렸다. 문이 열리고 깨끗한 앞치마를 두른 하녀가 나타나자 그런 인상은 한층 굳어졌다. 넓은 복도 맨 끝에 장식 유리를 끼운 문이 있었다. 벽에는 인조 대리석을 붙였고, 바닥에는 두 가지 빛깔의 화강암이 기하학적 무늬를 이루게끔 깔았다.

복도 왼쪽에는 밝은 색깔의 참나무 목재로 만든 쌍여 닫이 문들이 있었다. 거실과 식당으로 통하는 문들이었다.

외투 걸이에 걸려 있는 옷 중에는 네댓 살짜리 아이의 외투도 보였다. 배가 불룩한 우산꽂이에 금빛 손잡이가 달린 단장(短杖)이 꽂혀 있었다.

반장은 착실하게 자리가 잡힌 생활의 분위기를 한눈에 알아보았다. 벨루아르 씨의 이름을 대자마자 하녀가 대답했다.

「들어오세요. 다들 기다리고 계십니다.」

그녀는 유리를 끼운 문을 향해 갔다. 또 다른 문이 열린 틈으로, 따뜻하고 정갈한 식당이 보였다. 잘 차려진 식탁에서 실내복 차림의 젊은 여자와 네 살 난 사내아이가 아침 식사를 하고 있었다.

유리를 끼운 문을 지나자 계단이었다. 밝은 색깔의 목재로 된 계단에는 붉은 꽃무늬 카펫을 깔고, 층마다 놋쇠로 된 봉으로 고정시켜 놓았다.

층계참에는 거대한 화분이 놓여 있었다. 앞서 가는 하녀는 벌써 또 다른 문, 서재 문의 손잡이를 돌렸고, 방 안에 있던 세 남자가 동시에 고개를 이쪽으로 돌렸다.

놀라움과 심한 당혹감 내지는 불안으로 다들 표정이 굳어졌다. 아무 눈치도 채지 못한 것은 하녀뿐이었다. 그녀는 더없이 자연스러운 어조로 말했다.

「외투를 받아 드릴까요?」

세 사람 중 하나는 벨루아르였다. 단정한 차림에 금발을 매끈하게 빗어 넘긴 모양새였다. 그 옆 사람은 그렇게 말쑥하지는 않았고, 매그레가 모르는 사람이었다. 그러나 세 번째 사람은 다름 아닌 조제프 반 담, 브레멘의 사업가 그 사람이었다.

두 사람이 동시에 입을 열었다. 벨루아르는 눈살을 찌푸리며 한 발짝 내딛었다. 분위기에 걸맞게 다소 거만한, 다소 메마른 음성이었다.

「누구신지……?」

그러나 그와 동시에 반 담이 매그레에게 악수를 청하며 외쳤다. 평소의 활달한 태도를 유지하려 애쓰는 태도였다.

「아니, 이런! 여기서 당신을 만나다니요……?」

세 번째 사람은 영문을 모르겠다는 듯, 잠자코 사태를 지켜보고 있었다.

「방해가 되어 죄송합니다. 이렇게 아침 일찍 모임이 있으리라고는 생각하지 못했습니다.」

「아니, 전혀 아닙니다……!」 반 담이 대답했다. 「앉으십시오! 궐련 한 대 태우시겠습니까?」

마호가니 책상 위에 궐련상자가 있었다. 사업가는 활달하게 그쪽으로 가서 상자를 열고는 아바나산(産) 궐련

한 대를 집어 들며 계속 말했다.

「라이터를 찾아 드릴 테니 잠깐 기다리십시오! ······참, 퀼런에 검인이 없다고 해서 저를 경찰에 출두시키지는 않으시겠지요? ······브레멘에서는 왜 벨루아르를 아신다는 말씀을 안 하셨나요? 그랬더라면 함께 올 수도 있었을 텐데요! ······반장님께서 떠나시고 나서 몇 시간 후에 저도 떠났거든요. 사업상 일로 전보가 와서 파리에 급히 가야 했어요. 그래서 기왕 온 김에 벨루아르나 보고 가려고 왔지요······.」

벨루아르는 여전히 굳은 표정으로, 설명이 필요하다는 듯 두 사람을 번갈아 바라보았다. 매그레는 그를 향해 말했다.

「다른 손님을 기다리고 계신 모양이니, 제가 찾아온 용건은 가능한 한 빨리 끝내겠습니다······.」

「다른 손님? ······어떻게 그걸 아십니까?」

「간단하지요! 하녀가 제게 〈다들 기다리고 있다〉고 하더군요. 여러분께서 저를 기다리셨을 리는 없으니 말입니다······.」

그의 눈에는 언뜻 미소가 스쳤지만, 표정은 여전히 덤덤했다.

「수사국의 매그레 반장입니다! ······아마 어제 카페 드 파리에서 저를 보셨을 겁니다. 저는 수사 중인 일에 대해 몇 가지 정보를 얻으러 그곳에 갔었지요.」

「설마 브레멘의 그 일은 아니겠지요?」 반 담이 짐짓 무심한 척 물었다.

「바로 그 일입니다! ……벨루아르 씨, 이 사진을 보시고, 혹시 지난주 어느 날 밤에 이 사람을 집에 들이신 적이 있는지 말씀해 주시겠습니까?」

그는 사망자의 사진을 내밀었다. 부행장은 사진을 내려다보았지만, 제대로 보지도 않았다.

「모르는 사람입니다!」 그는 매그레에게 사진을 돌려주며 단언했다.

「카페 드 파리에서 돌아오시는 길에 당신에게 말을 붙인 사람이 아니라는 게 확실합니까?」

「대체 무슨 말을 하시는 겁니까?」

「자꾸 캐묻는 것 같아 죄송합니다……. 사실 별로 중요치는 않습니다만, 알아봐야 할 일이 있어서 그럽니다. 실례를 무릅쓰고 이렇게 찾아온 것은, 당신이 경찰에 기꺼이 협조해 주시리라 생각해서입니다……. 그날 저녁, 한 주정뱅이가 당신이 게임을 하는 세 번째 당구대 근처에 앉아 있었습니다. 그는 모든 사람의 눈길을 끌었지요. 그런데 그가 나간 후 얼마 안 되어 당신도 카페를 나왔고, 당신이 친구들과 헤어지자 그가 당신에게 접근했습니다……」

「생각이 날 것도 같습니다……. 그는 제게 담뱃불을 청했지요…….」

「그리고 당신은 그와 함께 집으로 돌아왔습니다, 아닌
가요?」

벨루아르는 기분 나쁜 웃음을 띠었다.

「누가 당신에게 그따위 헛소리를 했는지 모르겠습니
다. 나는 부랑자를 집에 끌어들이는 성격은 아닙니다.」

「알고 보니 친구였을 수도 있지요, 아니면…….」

「제 친구들 중에는 그런 사람이 없습니다!」

「그러니까 혼자 돌아오셨다는 말씀입니까?」

「물론입니다.」

「그때 그 사람이 제가 방금 보여 드린 사진 속의 사람
인가요?」

「모르겠습니다. 제대로 보지도 않았습니다…….」

반 담은 눈에 띄게 초조한 기색으로 오가는 이야기를
듣고 있었으며, 몇 번인가 끼어들려다 마는 듯했다. 갈색
턱수염을 약간 기른 세 번째 인물은 일부 화가들이 아직
도 고수하는 것 같은 검은 옷을 입고서, 창밖을 내다보며
유리창에 서리는 입김을 가끔씩 닦아 내고 있었다.

「그렇다면, 이만 감사드립니다. 실례 많았습니다, 벨루
아르 씨…….」

「잠깐만요, 반장님!」 조제프 반 담이 끼어들었다. 「이
대로 가시는 건 아니겠지요? 저희와 좀 더 계시다 가시

지요. 벨루아르가 저장해 둔 오래된 브랜디를 내올 겁니다……. 브레멘에서도 저와 저녁 식사를 함께 하시지 않아서 섭섭했다는 거 아십니까? 저녁 내내 기다렸답니다.」

「기차로 오셨나요?」

「비행기로요! 저는 거의 언제나 비행기로 다닙니다. 사업가들이란 대개 그렇지요……. 그런데 파리에 오자 옛 친구 벨루아르를 보고 싶어서 말이지요……. 저희는 동창생이거든요…….」

「리에주에서 말입니까?」

「그렇지요. 만난 지 거의 10년은 되었을 거예요……. 이 친구가 결혼을 한 것도 모르고 있었다니까요! 다 큰 아들을 둔 아빠가 되어 있는 걸 보니 기분이 묘하더군요! ……그런데 그 자살 사건은 아직 해결되지 않은 모양이지요?」

벨루아르는 초인종을 눌러 하녀를 불러서, 브랜디와 잔을 가져오라고 일렀다. 짐짓 느리고 정확하게 취하는 동작 하나하나에서 불안한 긴장감이 내비쳤다.

「수사는 이제 겨우 시작입니다.」 매그레가 지나가는 말처럼 대꾸했다. 「오래 걸릴지, 아니면 하루이틀 사이에 해결될지, 알 수 없는 일이지요…….」

현관에서 초인종이 울렸다. 세 사람은 슬쩍 시선을 교환했다. 계단에서 목소리들이 들렸다. 누군가가 꽤 강한 벨기에 억양으로 말했다.

「다들 2층에 있나? ……가는 길은 알아. 혼자 올라가지!」

그러더니 문간에서 이렇게 외쳤다.

「다들 잘 있었나?」

그러나 인사말은 어색한 침묵 속에 스러져 버렸다. 그는 주위를 둘러보고는 매그레가 눈에 띄자 친구들에게 묻는 듯한 눈길을 던졌다.

「나를…… 나를 기다린 건가?」

벨루아르의 표정이 구겨졌다. 그는 반장 쪽으로 다가가며 말했다.

「제프 롱바르라고, 저희 친구지요!」 그가 잇새로 간신히 내뱉었다.

그러고는 한 마디 한 마디 끊어 가며 말했다. 「수사국에서 나오신 매그레 반장이라네.」

새로 온 이는 움찔하더니, 기계적인 음성으로 우스꽝스럽게 말을 더듬었다.

「아……! 그래…… 좋아…….」

그러고는 당황한 나머지 외투를 하녀에게 넘겨주었다가 다시 따라가 주머니 속의 담배를 꺼내 왔다.

「벨기에 사람이 하나 더 늘었습니다, 반장님……. 그야말로 벨기에 동향인들의 모임에 오신 겁니다……. 뭔가 작당이라도 하는 것 같지 않습니까? ……브랜디 한 잔 더 하겠나, 벨루아르? ……궐련 한 대 태우시지요, 반장님……. 아직 리에주에 사는 건 제프 롱바르뿐입니다……. 우연히 다들 일 때문에 이 근방에 오게 되어, 한번 모이기로 한 거지요! 한판 놀아 보자고 말이에요! 괜찮으시다면…….」

그는 약간 망설이며 친구들을 둘러보았다.

「……전에 브레멘에서 제 식사 초대를 거절하셨지요……. 이제 저희와 함께 점심을 하십시다…….」

「유감스럽게도 저는 볼일이 있어서요. 저는 이제 그만 가볼 때가 되었습니다.」 매그레가 대답했다.

제프 롱바르는 테이블 곁에 다가가 있었다. 그는 키가 크고 말랐으며 이목구비가 별로 반듯하지 않았다. 팔다리는 너무 길었고, 안색은 창백했다.

「아! ……여기 내가 찾던 사진이 있구먼.」 반장은 혼잣말처럼 중얼거렸다. 「롱바르 씨, 이 사람을 아느냐고는 묻지 않겠습니다. 만일 그렇다면 우연의 일치가 지나치니까요…….」

그러면서도 그는 롱바르의 눈 밑에 사진을 디밀었고, 리에주에서 온 사람의 목울대가 한층 더 불거지면서 묘하게 오르락내리락하는 것을 보았다.

「모르겠는데요…….」 그는 쉰 목소리로 간신히 대답했다.

벨루아르는 매니큐어를 칠한 손끝으로 책상을 두드리고 있었다. 조제프 반 담은 무엇인가 할 말을 찾는 듯했다.

「그렇다면 다시 뵙기 어렵겠군요? ……파리로 돌아가십니까?」

「아직 잘 모르겠습니다……. 그럼 이만 실례합니다…….」

반 담이 그와 악수하자, 다른 사람들도 그래야만 할 것 같은 분위기가 되었다. 벨루아르의 손은 건조하고 억셌다. 턱수염을 기른 인물은 주저하는 듯 악수를 청했다. 제프 롱바르는 사무실 한구석에서 담배에 불을 붙이다 말고 우물거리며 고개만 끄덕해 보였다.

매그레는 거대한 도자기 화분에 심긴 녹색 식물 곁을 지나 다시금 계단의 놋쇠 봉으로 고정시킨 카펫을 밟고 내려왔다. 복도에 들어서니 어린아이가 바이올린을 켜는 소리와 여자의 음성이 들려왔다.

「너무 빠르지 않게…… 팔꿈치를 턱과 나란히 하고…… 부드럽게!」

벨루아르 부인과 아들이었다. 길거리에서도 거실의 커튼 사이로 그들의 모습이 보였다.

2시였다. 매그레가 카페 드 파리에서 점심 식사를 마칠 무렵, 반 담이 들어섰다. 그는 사람을 찾는 듯 주위를 두리번거리더니, 반장을 발견하자 반색하며 다가와 손을 내밀었다.

「볼일이 있으시다더니 이거였군요! 혼자 식당에서 점심을 드시다니! ……뜻은 잘 알겠습니다. 저희들끼리 있게 해주시려는 거지요…….」

그는 도대체 청하지도 않는데 들러붙으며 자기를 반기든지 말든지 아랑곳하지 않는 부류의 사람인 것이 분명했다.

매그레는 그런 사람을 냉정하게 대하는 데에 심술궂은 쾌감을 느꼈으나, 반 담은 개의치 않고 앞자리에 와 앉았다.

「다 드셨습니까? 그렇다면 리쾨르[食後酒]라도 내게 해주십시오……. 웨이터! 자, 뭘 드시렵니까, 반장님? ……오래된 아르마냐크는 어떻습니까?」

그는 고급 주류 메뉴를 가져오게 하고 주인을 부르더니 결국 1867년산 아르마냐크를 주문하고는 시음용 잔을 청했다.

「그런데…… 이제 파리로 돌아가십니까? 저도 오늘 오후에 파리로 갑니다만, 저는 기차가 질색이라 자동차를 빌릴까 합니다……. 괜찮으시다면 함께 타고 가시지요……. 제 친구들 인상은 어떻던가요?」

그는 아르마냐크를 음미하듯 코에 갖다 대어 보더니,

주머니에서 궐련이 든 케이스를 꺼냈다.

「한 대 피우시지요······. 아주 맛이 좋습니다······. 브레멘에서는 이런 궐련을 파는 집이 한 군데밖에 없어요. 아바나에서 직수입하는 거지요······.」

매그레는 덤덤하기 그지없는 얼굴로, 그의 눈빛에서는 아무것도 읽어 낼 수 없었다.

「묘하더군요! 이렇게 여러 해 만에 다시 만난다는 건······!」 반 담이 또다시 입을 열었다. 그는 침묵을 견디지 못하는 성싶었다. 「스무 살 때, 출발점에서는 모두가 동일 선상에 서 있었는데 말이지요······. 그런데 이렇게 만나 보면 피차간에 가로놓인 간격이 깊은 데에 놀라게 되는군요······. 옛 친구들을 나쁘게 말할 생각은 없지만······. 그래도 조금 전 벨루아르 집에서 저도 썩 편치는 않았답니다······.

이 답답한 촌구석 느낌! 게다가 벨루아르는 잔뜩 차려입고 말이에요! ······그래도 꽤 성공하긴 했지요. 그의 아내는 모르방도의 딸이에요. 스프링 매트리스를 제작하는 모르방도 사 말입니다······. 그 친구 동서들은 모두 그회사 일을 하고 있지요. 그는 은행에서 꽤 높은 자리에 있고, 조만간 은행장이 되겠지만······.」

「그 턱수염을 기르고 키가 작은 분은 어떻습니까?」 매그레가 물었다.

「그 친구는……. 뭐 언젠가는 길이 열리겠지만, 지금은 좀 고전 중인 것 같습니다……. 조각가인데, 파리에 살지요. 재능은 있는 것 같은데……. 하지만 어쩌겠어요? 보셨지요? 옷 입은 것만 봐도 한물갔지요……. 새로운 데가 없어요! 사업 수완도 전혀 없고…….」

「제프 롱바르는?」

「세상에서 가장 좋은 녀석이지요! ……젊었을 때는 진짜 익살꾼이라, 사람을 몇 시간이라도 웃기곤 했어요…….

화가가 되려 했었는데……. 먹고사느라 신문에 삽화를 그렸지요. 그러다 사진 제판 일을 하기도 했고……. 리에주에서요……. 결혼을 했고, 셋째가 곧 태어난다더군요…….

한마디로, 그 친구들과 있는 것이 숨이 막혔다는 겁니다! 고만고만한 인생, 고만고만한 걱정거리들……. 뭐 그 친구들 잘못은 아니지만, 어서 제 사업이 있는 곳으로 돌아가고 싶습니다…….」

그는 잔을 비우고, 손님들이 거의 다 나간 실내를 둘러보았다. 안쪽 테이블에 웨이터 하나가 앉아서 신문을 읽고 있었다.

「그럼 그렇게 하시는 겁니다……? 파리에 저와 함께 가시는 거지요……?」

「하지만 그 수염 기른 분은 함께 안 가십니까? 올 때도 함께 오셨는데……?」

「자냉요? ……아니요! 지금쯤 그는 벌써 기차를 탔을 겁니다.」

「결혼을 했나요?」

「딱히 그렇진 않아요. 하지만 언제나 함께 사는 여자가 있지요. 어떤 때는 일주일, 어떤 때는 1년……. 그러다가 또 다른 여자로 바꾸는 겁니다! 그러면서도 매번 자냉 부인이라는 이름으로 소개를 한단 말입니다……. 웨이터! …… 여기 술 좀 더 줘요!」

매그레는 눈빛이 너무 날카로워지지 않게끔 간간이 조심을 해야 했다. 주인이 직접 와서 전화를 받으라고 알려주었다. 경찰청에 카페 드 파리의 전화번호를 일러두었던 것이다.

브뤼셀에서 온 소식이었다. 수사국 본부로 다음과 같은 전보가 왔다는 것이었다.

1천 프랑짜리 지폐 30장은 벨기에 국립 은행에서 루이 죄네 앞으로 지급되었으며, 모리스 벨루아르라고 서명된 수표를 바꾼 것임.

매그레가 전화박스의 문을 열자, 반담의 모습이 눈에 들어왔다. 자기가 관찰 대상이 되고 있는 줄도 모르는 채 긴장을 풀고 있었다. 그런 그는 살집도 혈색도 아까만 못하고 건강도 활기도 줄어든 것처럼 보였다.

그는 자신을 향한 시선을 느낀 듯 움찔하더니 다시금 자동적으로 유쾌한 사업가로 돌아가 목소리를 높였다.

「그럼 약속하신 겁니다? ……함께 가시는 거지요? 주인장! 파리까지 갈 차를 한 대 빌리도록 주선 좀 해주시겠소? ……물론 편안한 차라야지! ……기다리는 동안 잔이나 채워 주시오…….」

그는 궐련 끄트머리를 질근질근 씹었다. 그러면서 대리석 탁자에 시선을 떨구었는데, 순간적이나마 눈빛이 어두워지고 입꼬리가 처지는 것이 마치 담배 맛이 너무 쓰기라도 한 듯했다.

「프랑스 술맛은 외국에 살아 봐야 안다는 거 아닙니까……!」

말들이 공허하게 울렸다. 그의 입으로 하는 말과 머릿속에 오가는 생각 사이에 깊은 심연이 가로놓인 것이 느껴졌다.

제프 롱바르가 길거리를 지나갔다. 망사 커튼 때문에 윤곽이 다소 불분명했다. 그 혼자였다. 큰 걸음으로 천천히, 기운 없이 걸으며, 시내 풍경 같은 것은 거들떠보지도 않았다.

손에는 여행 가방을 하나 들고 있어서 예의 누런 인조

가죽 가방들을 생각나게 했다. 하지만 그래도 그것들보
다는 고급으로, 가죽끈이 두 개 달리고 명함을 끼우는 칸
도 만들어져 있었다.

구두 뒤축은 한쪽 귀퉁이부터 닳기 시작했고, 옷은 매
일 솔질을 하는 것 같지 않았다. 제프 롱바르는 역 쪽으
로 걸어가고 있었다.

반 담은 가문(家紋)이 새겨진 커다란 백금 반지를 끼고
서, 알코올의 짜릿한 기운이 밴 향긋한 담배 연기에 둘러
싸여 있었다. 카페 주인이 차고에 전화를 하는 소리가 웅
얼웅얼 들려왔다.

벨루아르는 그 새집에서 나와 은행의 대리석 정문을
향해 가고 있을 것이고, 그의 아내는 아들을 데리고 산책
에 나섰을 터이다.

모두들 그에게 인사를 했다. 그의 장인은 이 지방에서
가장 부유한 사업가였다. 그의 동서들도 모두 그 회사에
있고…… 그는 앞길이 창창했다.

자냉으로 말할 것 같으면, 검은 턱수염에 커다란 리본
넥타이를 매고서 파리행 기차를 타고 있었다. 물론 삼등
칸이리라고 장담해도 좋았다.

그렇게 충지는 세상살이의 말석에 노이샨츠와 브레멘
의 그 헬쑥한 여행자가 있었다. 픽퓌스 가 약재상 여자의
남편이었다가 로케트 가 철공소의 드릴공이 된 외로운

술꾼, 남몰래 가게 유리창으로 아내를 들여다보러 갔던
사내, 헌 신문지를 꾸리듯 돈다발을 꾸려 자기 자신에게
발송하고는 역 구내식당에서 작은 소시지 빵을 사던 사
내, 자기 것도 아닌 낡은 양복을 잃어버렸다고 해서 입안
에 권총을 쏘아 버린 사내가.

「자, 가실까요, 반장님?」

매그레는 소스라쳤다. 하도 멍한 눈길로 상대를 쳐다
보았으므로, 반 담 자신이 오히려 겸연쩍어져서 어색하게
웃으며 말을 더듬었다.

「꿈을 꾸셨나요? 하여간 딴생각을 하셨나 봅니다…….
아직도 그 자살자 때문에 생각이 많으신 모양이군요.」

딱히 그런 것만은 아니었다. 반 담이 매그레를 부른 바
로 그 순간, 매그레는 왠지 모르게 이 이야기에 얽힌 아이
들의 수를 세고 있었던 것이다. 픽퓌스 가의 가게, 박하와
고무 냄새가 나는 가겟방에서 엄마와 외할머니와 사는
아이, 랭스에서 바이올린의 활을 켤 때 팔꿈치와 턱을 나
란히 하는 법을 배우는 아이, 리에주의 제프 롱바르 집에
서 동생을 기다리는 두 아이…….

「마지막으로 한 잔 더 하시렵니까……?」

「사양하겠습니다. 그만하면 됐습니다…….」

「그러지 말고 한 잔 하십시다! 준마에 오르기 전, 아니
자동차에 오르기 전의 마지막 잔입니다…….」

조제프 반 담만이 웃고 있었다. 마치 끊임없이 그러지 않으면 안 될 것처럼. 지하실에 내려가는 것이 무서워서 휘파람을 불며 용기를 북돋우는 아이와도 같이.

5

뤼장시의 사고

밀려오는 어둠 속을 질주하는 차 안에서, 침묵은 채 3분도 이어지지 않았다. 조제프 반 담은 무엇인가 끊임없이 화제를 찾아냈고, 술기운까지 더하여 줄곧 유쾌하게 떠들었다.

차는 구형 고급 차로, 쿠션은 낡았으나 상감 세공을 한 수납함이며 꽃다발 꽂이까지 갖추어져 있었다. 운전사는 트렌치코트를 입고 목에는 삼색 스카프를 감고 있었다.

두 시간 가까이 달리고 났을 때, 갑자기 시동이 꺼지더니 차가 서버렸다. 멀리 안개 속에 드문드문 불빛이 보이는 마을에서 적어도 1킬로미터는 떨어진 길가였다.

운전사는 몸을 굽혀 뒷바퀴 쪽을 살펴보더니, 차 문을 열고는 타이어가 터진 것 같다며 수리하는 데 15분쯤 걸리겠다고 말했다.

두 사람은 차에서 내렸다. 운전사는 벌써 차축(車軸)

밑에 잭을 설치하고는, 혼자서도 할 수 있으니 거들 필요 없다고 자신 있게 말했다.

매그레와 반 담, 두 사람 중에 누가 먼저 산책을 제안 했던가? 사실 어느 쪽도 아니었다. 어쩌다 보니 그렇게 된 것이었다. 길을 따라 몇 발짝 가보니 작은 오솔길이 나타났고 그 길이 끝나는 곳에 급류가 흐르는 것이 보였다.

「아! 마른 강⁴인데요! 물이 불었군요.」 반 담이 말했다.

그들은 궐련을 피우며 느린 걸음으로 길을 따라갔다. 어디서 나는지 알 수 없는 희미한 소리가 들려왔는데, 물 가에 이르러서야 그 출처를 알 수 있었다.

물 건너 1백 미터쯤 떨어진 곳에 수문(水門)이 하나 있었다. 뤼장시 수문이었다. 수문 주위에는 아무도 없고 문은 닫혀 있었다. 두 사람의 발치에 둑이 있었고, 강물은 새하얗게 떨어져 포말을 일으키고 소용돌이치다가 급류를 이루었다. 수위가 많이 높아져 있었다.

어둠 속에서 나뭇가지들이, 또는 그루째 뽑힌 나무들이, 물살을 따라 내려오다가 둑에 부딪히고, 그러다 마침내 넘어가곤 했다.

불빛이라고는 건너편 수문의 불빛뿐이었다.

여전히 이야기를 계속하던 조제프 반 담은 바로 그때 이런 말을 하고 있었다.

4 센 강의 지류. 파리 동북쪽으로 흐른다.

「……독일 사람들은 매년 강물을 에너지원으로 이용하려고 엄청난 노력을 기울이고 있지요. 러시아인들도 그걸 본받아서……. 우크라이나에서는 1억 2천만 달러짜리 댐을 건설했다더군요. 하지만 그걸로 세 군데 지방에 전력을 공급할 수 있다니까요…….」

거의 알아채기 힘든 차이였지만, 전력이라는 말에서 목소리가 잠시 줄어들었다가 다시 본래대로 되었다. 그러더니 기침이 나오는지 주머니에서 손수건을 꺼내 코를 풀었다.

그들은 물에서 50미터도 채 떨어져 있지 않았다. 매그레는 갑자기 등을 떠밀리는 바람에 균형을 잃고 휘청거리다가 앞으로 넘어지고 말았다. 양손으로 언덕의 풀포기를 쥐었으나 발은 물에 잠겼고, 모자는 이미 둑 너머로 미끄러져 갔다.

다음 동작은 빨랐다. 재차 공격해 올 것을 예상한 때문이었다. 오른손 밑에서 흙덩이가 부서져 떨어졌다. 그러나 왼손으로는 탄력 있게 휘어지는 가지를 붙들고 있었다.

몇 초가 채 지나기도 전에 그는 예인로(曳引路)로 올라와 무릎을 꿇을 수 있었고, 곧 일어나, 멀어져 가는 뒷모습을 향해 소리쳤다.

「거기 서……!」

이상하게도 반 담은 달아나지 않았다. 그는 별로 서두

는 기색도 없이 차 쪽으로 가면서 흘끔흘끔 뒤를 돌아보았다. 격앙된 나머지 무릎이 꺾이곤 했다.

그는 고개를 떨구고 목을 외투 깃 속에 파묻은 채 반장에게 따라잡히고 말았다. 그는 마치 주먹으로 보이지 않는 테이블이라도 내리치는 듯한, 성난 몸짓을 했을 뿐이다. 그러면서 잇새로 새어 나는 소리로 낮게 신음했다.

「바보 같으니⋯⋯!」

혹시나 해서 매그레는 권총을 꺼내 들고 있었다. 총을 든 손을 늦추지 않고, 여전히 상대를 주시하면서, 그는 무릎까지 젖은 바지를 흔들어 털었다. 신발 속에 물이 들어 철벅거렸다.

운전사는 차를 다 고쳤다는 신호로 길에서 경적을 울리고 있었다.

「갑시다!」 반장이 말했다.

그들은 말없이 제자리로 돌아가 앉았다. 반 담은 여전히 잇새에 궐련을 물고 있었다. 그는 매그레의 시선을 피했다.

10킬로미터. 20킬로미터. 주택 밀집 지역을 지날 때는 속도를 늦추었다. 불 밝힌 거리마다 사람들이 돌아다니고 있었다. 그러다가 다시 간선 도로가 나왔다.

「그래도 저를 체포할 수는 없을걸요⋯⋯.」

반장은 흠칫했다. 고집스러운 목소리로 느릿느릿 내뱉

은 그 말이 너무나 뜻밖이었기 때문이다. 하지만 또 한편으로는 의표를 정확히 찌르는 말이기도 했다.

모[5]가 가까워지고 있었다. 전원 풍경이 지나고 교외 지역이 나타났다. 가는 비가 내리기 시작했고, 가로등 앞을 지날 때마다 빗방울 하나하나가 별처럼 반짝였다. 반장은 운전석으로 통하는 송화기에 입을 갖다 대고 말했다.

「오르페브르 강변로, 경찰청으로 가주시오.」

그는 파이프에 담배를 담았으나 성냥이 젖어 담배를 피울 수가 없었다. 반 담은 문 쪽으로 고개를 돌리고 있어서 얼굴은 보이지 않고, 어스름 속에 희미한 옆모습뿐이었다. 하지만 그래도 사나운 기색이 전해졌다.

무엇인가 딱딱한 것, 씁쓸하고 긴장된 것이 느껴지는 분위기였다.

매그레 자신도 아래턱을 약간 내밀고 입을 앙다문, 퉁명스러운 얼굴이었다.

차가 경찰청 앞에 서자, 이런 기분은 기묘한 사건으로 표출되었다. 반장이 먼저 차에서 내렸다.

「자, 갑시다!」 그가 말했다.

운전사는 요금을 기다리고 있었으나 반 담은 나 몰라라 하는 태도였다. 잠시 애매한 상황이 되었다. 매그레는

5 파리 북동쪽 근교의 지명.

사태가 우습게 돌아간다는 것을 모르지 않은 채, 입을 열었다.

「왜요? 당신이 차를 빌리지 않았습니까……?」

「실례지만, 저는 피의자로 타고 온 것이니 반장님이 내셔야지요.」

이런 사소한 실랑이는 랭스를 떠난 이후 사태가 어떻게 진전되었으며, 특히 벨기에인이 어떻게 변모했는가를 여실히 드러내는 것이었다.

매그레는 요금을 치른 후, 동행에게 잠자코 길을 안내하여 자기 사무실로 가서 문을 닫았다. 우선 난로에 불을 지펴야 했다.

그러고는 벽장을 열고 옷을 꺼내서, 반 담이 보든 말든 개의치 않고 바지를 갈아입고 양말과 신발도 갈아 신은 뒤, 젖은 것들은 마르도록 난롯가에 널었다.

반 담은 앉으라고 하기도 전에 이미 앉아 있었다. 환한 불빛 아래서 보니 그의 변모는 한층 더 두드러졌다.

짐짓 꾸민 호인다운 태도와 활달함, 다소 억지스러웠던 미소 같은 것은 전부 뤼장시에 버리고 온 듯, 긴장된 표정에 음울한 눈빛으로 처분만 기다리고 있었다.

매그레는 여전히 방 안을 돌아다니며 자기 일에 분주했다. 상대에게는 아무 관심도 없다는 듯이 서류를 정리하기도 하고, 상관에게 전화를 걸어 이 사건과는 아무 관

련도 없는 정보를 묻기도 했다.

마침내 반 담 앞에 우뚝 선 그는 이렇게 말했다.

「루이 죄네라는 이름의 여권을 가지고 여행하다가 브레멘에서 자살한 자를 언제 어디서 어떻게 알게 되었소?」

상대는 미동도 하지 않았다. 오히려 단호한 태도로 고개를 쳐들고 대꾸했다.

「저는 무슨 신분으로 여기 있는 겁니까?」

「내 질문에 대답하지 않겠다는 거요?」

반 담은 소리 내어 웃었다. 전과는 다른, 빈정대는 듯 심술궂은 웃음이었다.

「저도 반장님만큼은 법을 압니다. 저를 기소하신다면 구속 영장이 나오기를 기다릴 것이고, 기소하지 않으신다면 저는 당신에게 대답할 의무가 없습니다. 전자의 경우라도, 형법에 의하면 저는 변호사가 입회하기 전에는 묵비권을 행사할 수 있습니다.」

매그레는 반 담의 그런 태도에 화를 내지 않았고, 사실 별로 언짢은 기색도 없었다. 오히려 그 반대였다! 그는 상대를 호기심 어린 시선으로, 어쩌면 만족감마저 어린 듯한 시선으로 바라보았다.

뤼장시에서 있었던 일 때문에 조제프 반 담은 가식적인 태도를 버릴 수밖에 없게 되었다. 기실 그가 매그레 앞에서 취했던 태도뿐 아니라, 세상을 향해, 심지어 자신을 향해 취했던 태도조차도 다분히 가식적인 것이었다.

브레멘의 명랑하고 피상적인 사업가, 대형 주점에서 현대식 사무실로, 사무실에서 유명 레스토랑으로 설치고 다니던 사업가의 면모는 거의 남아 있지 않았다. 일이 잘 풀리는 운 좋은 장사꾼의 경박함, 아무리 힘든 일이라도 너끈히 해치우고 활기차게 돈을 모아 가는, 한마디로 사는 재미를 붙인 자의 왕성한 의욕도 사라져 버렸다.

이제 남은 것은 화색을 잃고 굳어진 목석같은 얼굴뿐이었다. 불과 한 시간 만에 눈까풀 아래가 불룩하게 처져 버렸다.

한 시간 전까지만 해도 반 담은 아직 자유의 몸이었고, 뭔가 양심에 거리끼는 일이 있었다 해도 평판과 돈과 능력과 수완에서 오는 자신감을 유지하고 있지 않았던가?

반 담 자신도 그런 차이를 의식하고 있었다.

랭스에서 그는 술을 몇 차례나 시켰었다. 비싼 쿨런을 권하기도 했다. 그가 주문을 하자 카페 주인은 그의 기분을 맞추느라 분주했고, 차고에 전화해 가장 편안한 차를 보내라고 요청하기도 했다.

그는 꽤나 중요한 사람이었던 것이다!

파리에 도착하자 그는 택시 요금 내기를 거부했으며, 법을 들먹였다. 그는 시비를 따지려 들었고, 목숨이라도 건 사람처럼 한 치도 물러서지 않고 악착같이 방어할 태세가 되어 있었다.

그는 자신에게 화가 나 있었다! 마른 강변에서 테이블이라도 내리치는 듯한 동작에 이어 내뱉은 〈바보 같으니……!〉라는 말이 그 증거이다.

사실 미리 꾸민 일은 아니었다. 그는 운전사와 아는 사이도 아니었다. 사고가 났을 때도 그 즉시 그 상황을 이용하겠다는 생각은 없었다.

물가에 가서야…… 그 소용돌이치는 물살과…… 낙엽처럼 떠내려오는 나무들을 보자……. 어리석게도, 충분히 생각할 겨를도 없이, 어깨로 상대방을 밀었던 것이다.

그는 분이 치밀었다. 상대가 그런 동작을 뻔히 예상하고 있었으리라는 생각이 들었다.

분명 그는 자기가 일을 그르쳐 버렸다는 것을 알고 있었지만, 그런 만큼 더욱 필사적으로 자신을 방어하려 들었다.

그가 새 궐련에 불을 붙이려 하자, 매그레는 그의 입에서 그것을 빼앗아 석탄 난로에 던져 버렸다. 그러고는 반담이 놀란 틈을 타서 그가 아직 머리에 쓰고 있던 모자마저 벗겨 버렸다.

「저는 할 일이 많다는 걸 말씀드려야겠군요……. 정해진 법규대로 저를 체포할 생각이 아니시라면, 석방해 주시기 바랍니다……. 그러지 않으면 저는 불법 구금에 대해 소송을 제기할 수밖에 없습니다…….

또한 미리 말씀드려 두지만, 당신이 강물에 빠진 데 대해, 저는 끝까지 책임을 부인할 것입니다……. 당신은 예인로의 질척한 흙탕 속에서 발을 잘못 디뎌 미끄러진 겁니다……. 제가 정말로 당신을 물에 빠뜨리려 했다면 의당 달아났겠지만, 운전사는 제가 전혀 달아나려 하지 않았다고 증언할 것입니다…….

그 밖의 일에 대해서는, 당신이 저를 구속할 만한 이유가 무엇인지 모르겠군요……. 저는 일 때문에 파리에 왔습니다. 그 점은 입증할 수 있습니다……. 그러고는 옛 친구를 만나러 랭스에 다녀왔습니다. 친구나 저나 남들이 알아주는 지위에 있습니다…….

저는 프랑스인이라고는 찾아보기 힘든 브레멘에서 당신을 만나 반가운 마음에 말을 걸었고, 밥과 술을 샀고, 그러다 이번에는 자동차로 파리까지 함께 온 것뿐입니다.

딩신은 저와 제 친구들에게, 우리가 알지도 못하는 사람의 사진을 보여 주었습니다……. 그 사람은 자살을 했어요! 입증된 사실이지요. 고소한 사람도 없고 따라서 경찰이 수사할 일도 아닙니다.

이상이 제가 드리고 싶은 말씀입니다…….」

매그레는 접은 종이에 난롯불을 댕겨 파이프에 불을

붙인 다음, 타다 남은 종이쪽을 난로에 던져 버렸다.

「당신은 자유의 몸이오.」

그는 미소를 금치 못했다. 반 담은 너무 쉽게 승리한데 어리둥절한 눈치였다.

「뭐라고요?」

「가보시라는 말이오! 뭣하다면 호의를 갚는 의미에서 내가 저녁을 사도 좋소이다.」

그렇게 유쾌해 보기도 오랜만이었다. 상대방은 그의 말 한 마디 한 마디에 보이지 않는 위협이 담겨 있기라도 한 것처럼, 놀라움 반 두려움 반으로 그를 바라보았다.

「브레멘으로 돌아가도 좋다는 말입니까?」

「안 될 게 뭐요? 방금 직접 말씀하시지 않았소? 아무런 범법 행위도 하지 않았다고……」

일순간 반 담은 자신감과 명랑함을 되찾는 듯했다. 매그레의 저녁 식사 초대를 받아들이고 뤼장시에서의 자기 행동은 그저 우발적인 과실이었다거나 잠깐 정신이 나간 행동이었다고 너스레라도 떨 듯한 기세였다.

그러나 매그레의 미소는 그런 순간적인 낙관에 찬물을 끼얹는 것이었다. 그는 모자를 집어 들어 겸연쩍은 태도로 머리에 얹었다.

「택시 요금은 얼마였지요?」

「상관없소…… 도움이 되어 기쁠 따름이오.」

사내의 입술이 떨리는 듯했다. 그는 어떻게 자리를 떠야 할지 알 수 없었다. 무엇인가 할 말을 찾으려 했지만, 결국 어깨를 으쓱해 보이고는 문을 향해 가며 중얼거렸다.

「이런, 바보 같으니!」

대체 누가 혹은 무엇이 바보 같다는 것인지 모를 일이었다.

반장은 계단의 난간에 팔꿈치를 기댄 채 그가 사라져 가는 것을 지켜보았다. 그는 여전히 같은 말을 중얼거리고 있었다.

뤼카 형사가 서류를 들고 지나갔다. 상관의 사무실로 가는 길이었다.

「빨리! ……모자를 쓰고…… 외투도……. 저 사람을 쫓아가게. 세상 끝까지라도…….」

매그레는 부하의 서류 뭉치를 받아 들었다.

반장은 여러 장의 조사 의뢰서를 작성했다. 각기 이름이 하나씩 적힌 조사 의뢰서들은 여러 곳의 수사대로 보내져, 문제의 인물에 대한 소상한 정보를 담고 돌아올 것이었다. 다음과 같은 이름들이었다.

모리스 벨루아르: 은행의 부행장, 랭스 벨 가, 리에주 출신

제프 롱바르: 사진 제판사, 리에주

가스통 자냉: 조각가, 파리 르피크 가

조제프 반 담: 수출입 중개상, 브레멘

마지막 의뢰서를 쓰고 있는데, 사환이 들어와 알렸다. 루이 죄네의 자살 사건에 대해 말할 게 있다며 찾아온 사람이 있다는 것이었다.

늦은 시간이었다. 수사국 본부는 거의 텅 비었다. 그래도 옆 사무실에서는 한 형사가 타자기로 보고서를 치고 있었다.

「들여보내게!」

사환이 데려온 사내는 어색하고 불안한 태도로 문간에서 멈칫했다. 그렇게 찾아온 것을 벌써부터 후회하고 있는 것 같기도 했다.

「들어와요! ……앉으시오.」

매그레는 한눈에 그를 재어 보았다. 키가 크고 말랐으며, 머리칼은 아주 짙은 금발이며, 얼굴은 면도를 제대로 하지 않았다. 옷은 낡은 것이 루이 죄네의 옷 못지않았다. 외투에는 단추가 하나 떨어졌고, 목둘레는 때에 절었으며, 깃에도 먼지가 뿌옇게 앉아 있었다.

그 밖에도 앉은 자세라든가, 주위를 둘러보는 눈길이라든가, 꼭 집어 말할 수 없는 행동거지 전체에서 반장은 이미 그가 뜨내기인 것을 알아보았다. 그런 사람들은 설령 떳떳한 경우라 해도 경찰을 대할 때면 켕기는 것을 어쩌지 못하는 것이다.

「신문에 난 사진을 보고 온 겁니까? 왜 즉시 출두하지 않았습니까? 사진이 나간 지 이틀이나 됐는데……」

「저는 신문을 안 봅니다……」 사내가 입을 떼었다. 「아내가 장을 보러 갔다가 물건을 싸온 신문지에 사진이 있었어요……」

매그레는 어디선가 본 적이 있었다. 이런 얼굴의 움직임, 끊임없이 떨리는 콧구멍, 그리고 특히 그 불안한 눈길, 병적으로 불안한…….

「루이 죄네를 압니까?」

「글쎄요……. 사진이 분명치가 않아서……. 하지만 제가 보기에……. 제 생각엔 제 동생인 것 같습니다.」

매그레는 자기도 모르게 안도의 한숨을 쉬었다. 이번에야말로 모든 수수께끼가 단번에 풀릴 듯했다. 그래서 그는 난롯가로 가서, 기분이 좋을 때면 으레 그러듯이 난로를 등지고 섰다.

「그렇다면 당신 성도 죄네인가요?」

「아니요……. 그게 바로……. 그래서 오기를 꺼렸던 겁니다……. 하지만 틀림없이 제 동생이에요! ……책상 위에 있는 더 뚜렷한 사진을 보니 틀림없어요……. 여기 흉터만 해도 그렇지요! ……하지만 왜 자살을 했는지 모르겠어요. 왜 이름을 바꿨는지도……」

「당신 이름은 뭐요?」

「아르망 르코크 다른비유입니다……. 신분증도 가지고 왔어요……」

아니나 다를까, 주머니를 더듬어 때에 전 여권을 꺼내는 동작 또한 뜨내기 특유의, 툭하면 의심받고 신분증을 내보이는 데 익숙해진 자의 것이었다.

「다른비유이라면 드-아른비유인가요?」

「예……」

「리에주 출신이라……」 반장은 여권을 들춰 보며 말이었다. 「35세……. 직업은 뭐지요?」

「지금은 이시레물리노의 공장에서 사환 일을 하고 있습니다……. 아내와 둘이서, 그르넬에 삽니다……」

「신분증에는 기계공으로 되어 있는데……」

「전에는 그랬습니다……. 여러 가지 일을 했어요……」

「감옥에도 갔군!」 매그레가 신분증을 뒤적이며 말했다. 「탈영을 했다고……」

「그건 사면을 받았습니다……. 설명을 드리지요. 아버지는 돈이 좀 있었습니다. 타이어 사업을 해서요. 하지만 제가 여섯 살 때 아버지는 어머니를 버렸지요……. 동생장이 갓 태어났을 때였는데……. 하여간 모든 게 그 때문입니다……!

우리는 리에주의 프로뱅스 가에 있는 작은 집에 살았습니다. 처음에는 아버지가 꽤 정기적으로 생활비를 주었지요. 하지만 아버지는 흥청망청 살면서 여자들을 거느렸고……. 한번은 우리에게 생활비를 주러 왔는데, 여자가 밖에서 차에 타고 기다리고 있더군요…….

그래서 자주 다툼이 벌어졌고……. 아버지는 생활비를 주지 않든가, 아니면 쪼개서 조금씩 주었어요……. 어머니는 가정부 일을 하셨고, 그러다가 차츰 정신이 이상해졌지요……. 입원할 정도로 이상해지지는 않았지만……. 모르는 사람들을 붙들고 신세타령을 하기 일쑤였어요. 울면서 길거리를 쏘다니기도 하고…….

저는 동생을 거의 들여다보지 않았어요……. 동네 아이들과 어울려 다녔지요. 경찰에 잡혀가기도 여러 번이었고요. 그러다 철물점에서 일하게 됐고……. 집에는 될수록 가지 않았어요. 어머니는 노상 울면서 동네의 늙은 여자들을 불러다 놓고 신세타령이었거든요…….

열여섯 살 때 저는 군대에 들어가 콩고 파견을 자원했습니다. 한 달 복무하고는 탈영을 해서, 일주일쯤 마타디[6]에 숨어 지내다가, 유럽으로 돌아오는 여객선을 타고 밀항을 하려다 붙잡혔지요…….

그래서 감옥에 간 겁니다……. 거기서 도망쳐 프랑스

6 콩고 서부 해안의 도시. 대서양 항로의 항구이다.

로 왔습니다. 그 후로는 안 해본 일이 없어요. 굶기도 많이 했고…… 시장 바닥에서 자기도 했고……. 뭐 그리 잘 풀리진 않았지만, 그래도 4년 전부터는 착실하게 살았다고 맹세할 수 있습니다.

결혼도 했지요! ……공장에서 일하는 여잔데, 아직도 일을 나갑니다. 저는 벌이가 신통치 않고, 일이 없을 때도 있으니까요…….

벨기에로 돌아갈 생각은 없었습니다. 들리는 소문으로는, 어머니는 정신 병원에서 돌아가셨고 아버지는 아직 살아 계시다더군요…….

하지만 아버지는 우리를 맡으려 한 적이 없지요. 딴살림을 차렸으니까요…….」

사내는 변명하듯 애매한 웃음을 띠었다.

「그러면 당신 동생은?」

「그 애는 좀 달랐어요……. 장은 착실한 아이였지요. 학교에서 장학금을 타서 중학교에도 갔어요. 제가 벨기에를 떠나 콩고로 갈 때 그 애는 열세 살밖에 안 됐었는데, 그 후로는 다시 만나지 못했어요…….

저도 가끔 소식은 들었습니다. 어쩌다 리에주 출신 사람들을 만나면요……. 그 애가 중등 교육을 마치자 주위 사람들이 대학 공부도 하게 해주었다더군요…….

그런 얘기를 들은 것도 10년 전이에요……. 그 후로는 고향 사람들을 만나도 그 애 소식은 들을 수 없었지요. 외국에라도 갔는지, 소식이 감감이었어요…….

그러다 사진을 보고 정말 놀랐습니다……. 게다가 가짜 이름으로 브레멘까지 가서 죽다니…….

이해 못 하실 거예요……. 저야 애초에 글렀지요. 자꾸 엇나가서……. 어리석은 짓도 많이 했어요.

하지만 장은, 열세 살 때 모습을 떠올려 보면, 저와 생긴 것은 닮았지만 훨씬 더 차분하고 착실한 데가 있었어요……. 그때부터 시를 읽었으니까요……. 밤을 새워 공부했지요. 성당의 복사한테서 얻은 양초 토막에 불을 켜고 말이에요…….

전 그 애가 분명히 뭔가 될 거라고 생각했어요……. 생각해 보세요! 어렸을 때도 그 애는 절대로 길거리를 뛰어다니는 법이 없었답니다……. 동네 악동들의 놀림감이 될 만도 했지요!

저는 항상 돈이 궁했고, 그래서 어머니를 졸라 대곤 했는데, 그러면 어머니는 허리띠를 졸라 가며 돈을 마련해 주셨어요……. 참 끔찍이도 자식들을 위하셨는데……. 열여섯 살에 뭘 알았겠어요……. 제가 유난히 못되게 굴었던 날이 생각납니다. 계집애 하나를 사귀어서 영화관에 데려가기로 약속을 했거든요. 그런데 어머니도 돈이 없었어요……. 그래서 울며불며 떼를 썼지요……. 마침 자선 단체에서 약을 주고 간 터라, 어머니는 그걸 팔아다 주셨어요…….

이해하시겠어요? ……그런데 장이 죽다니요. 그런 식으로, 타향에서, 가짜 이름으로……!

그 애가 무슨 짓을 했는지 모르겠어요……. 그 애가 저와 같은 길을 갔다고는 도저히 믿어지지 않아요……. 반장님도 어렸을 때의 그 애를 아셨더라면 제 말을 이해하실 겁니다…….

도대체 어찌 된 일인지 반장님은 아시는지요……?」

매그레는 그에게 여권을 돌려주었다.

「혹시 리에주에서 이런 이름들을 들은 적이 있습니까? 벨루아르, 반 담, 자냉, 롱바르…….」

「벨루아르 네는 알아요. 아버지가 우리 동네 의사였어요. 아들은 공부를 했고……. 하지만 〈잘사는〉 사람들이라 저와는 상관이 없지요…….」

「다른 사람들은?」

「반 담이라는 이름도 들은 적이 있어요. 카테드랄 가에 그런 이름의 큰 잡화상이 있었던 것 같습니다……. 하지만 하도 오래된 일이라……!」

아르망 르코크 다른비유는 잠시 주저하더니 물었다.

「장의 시신을 볼 수 있나요? ……실어 왔어요?」

「내일 파리에 올 겁니다.」

「자살이 확실한가요……?」

매그레는 고개를 돌렸다. 확실하다마다, 자기 눈으로 직접 보았을 뿐 아니라 비록 뜻하지 않게나마 자기 때문에 일어난 일이라는 생각에 마음이 불편했던 것이다.

사내는 챙 모자를 쥐어짜듯 하면서 이쪽저쪽 다리로 번갈아 버티고 서서, 가도 좋다는 말이 떨어지기를 기다리고 있었다. 퀭한 눈, 창백한 눈까풀 속에 초점을 잃은 잿빛 종이쪽 같은 눈동자를 보자 노이샨츠 여행자의 주눅 들고 불안한 눈이 떠올라, 매그레는 회한과도 비슷한 쓰라림으로 가슴이 죄어드는 것을 느꼈다.

6
목매달린 자들

저녁 9시였다. 매그레는 리샤르르누아르 가에 있는 자기 집에 있었다. 칼라도 떼고, 웃옷도 벗은 편안한 차림이었다. 그의 아내는 바느질에 여념이 없었다. 그때 뤼카가 어깨에서 빗물을 털어 내며 들어왔다. 바깥에는 비가 억수로 퍼붓고 있었다.

「그자는 떠났습니다. 국외로까지 따라가야 할는지 알수 없어서……」 뤼카가 말했다.

「리에주로 갔나?」

「예, 맞아요. 벌써 알고 계셨습니까? 루브르 호텔에 짐을 맡겨 두었더군요. 거기서 저녁 식사를 하고 옷을 갈아입은 다음, 리에주로 가는 8시 19분발 급행을 탔어요……. 일등 편도였습니다……. 역 구내 서점에서 잡지를 한 아름 사더군요……」

「일부러 발을 걸어오는 셈이로군!」 반장은 툴툴거렸

다. 「브레멘에서는 있는 줄도 몰랐던 작자가 난데없이 시체 공시소에 나타나서 자기소개를 하며 밥을 먹자 술을 마시자 들러붙질 않나……. 파리에 와보니, 몇 시간 전인지 후인지 모르지만 하여간 여기도 와 있질 않나……. 아마 몇 시간 전이었겠지, 비행기로 왔다니까……. 랭스에 가보니 거기도 나보다 앞질러 가 있더군! 난 한 시간쯤 전에 내일은 리에주에 가봐야겠다 생각했는데, 그자는 오늘 저녁에 벌써 거길 갔다고! ……가장 황당한 건, 내가 필시 리에주에 갈 거라는 사실도 알고, 거길 가는 게 자기한테 불리해지리라는 사실을 뻔히 알면서도 갔다는 거야……!」

뤼카는 이 사건에 대해 아무것도 모르는 채 넘겨짚었다.

「아마 누군가 다른 사람을 구하려고 일부러 자기한테 의심이 쏠리게 하는 건 아닐까요?」

「범죄 사건이에요?」 매그레 부인은 손놀림을 계속하면서 차분한 어조로 물었다.

그러나 그녀의 남편은 한숨을 쉬며 자리에서 일어나, 조금 전까지 편안하게 앉아 있던 안락의자를 건너다보았다.

「벨기에행 기차는 또 몇 시에 있지?」

「21시 30분발 야간열차뿐입니다. 새벽 6시 리에주 도착입니다.」

「내 가방 좀 챙겨 주겠소?」 반장이 아내에게 말했다.

「뭔가 한 잔 하겠나, 뤼카? 자네가 챙겨 들게! ……술이 어디 있는지는 자네도 알지? 난 알자스 사는 처제가 손수 담근 자두주를 방금 한 잔 마셨다네. 목이 긴 병일세…….」

그는 옷을 챙겨 입은 다음, 누런 인조 가죽 가방에서 양복 B를 꺼내 잘 싸서 자기 여행 가방에 넣었다. 잠시 후, 그는 뤼카와 함께 집을 나섰다. 나란히 서서 택시를 기다리는 동안 뤼카가 물었다.

「대체 무슨 사건입니까? 본부에서는 아직 아무 얘기 없던데…….」

「나도 별로 아는 게 없어!」 반장이 대꾸했다. 「어떤 이 상한 녀석이 내 보는 앞에서 어이없이 죽었다네. 그런데 그 일에 묘하게 얽힌 게 많아서 풀어 보려 애쓰는 중이 지……. 그저 멧돼지처럼 달려드는 중인데, 이러다 맨벽 을 들이받는다 해도 할 수 없지……. 차가 왔군……. 자네 는 시내에 내려 줄까?」

이튿날 아침 8시, 매그레는 리에주의 기유맹 역 맞은편 에 있는 〈철도 호텔〉을 나섰다. 목욕을 하고 면도를 했으 며, 옆구리에는 양복 B의 웃옷을 담은 보통이를 끼고 있 었다.

그는 오트소브니에르 가를 찾아갔다. 비탈이 지고, 아

주 번화한 길이었다. 모르셀 양복점이 어디냐고 물어야 했다. 불빛이 침침한 가게에서 셔츠 바람의 사내는 양복 웃옷을 손에 들고 이리저리 한참 뒤집어 보며 질문을 해 댔다.

「아주 오래된 옷이구먼요!」 그는 뜸을 잔뜩 들이더니 이렇게 단언했다. 「찢어졌고요. 어떻게 해볼 도리가 없어요……」

「옷을 보고 뭔가 생각나는 게 없소?」

「전혀……. 목둘레가 잘못 재단되었군요……. 천은 영국 모직물을 모방한 건데, 베르비에 제품이지요……」

사내는 말문이 열린 듯했다.

「프랑스 분이세요? ……이 웃옷은 아시는 분 겁니까?」

매그레는 한숨을 짓고, 물건을 다시 챙겼다. 그러는 동안에도 상대는 계속 떠들다가, 애초에 했어야 할 말을 그제야 했다.

「저는 여기서 일한 지 반년밖에 안 됩니다. 제가 만든 옷이라면, 아직은 이렇게 낡을 수가 없겠지요……」

「그렇다면 모르셀 씨는?」

「그분은 로베르몽에 계십니다.」

「여기서 먼가?」

양복장이는 매그레의 착각이 재미있다는 듯 소리 내어 웃으며 설명했다.

「로베르몽은 묘지예요……. 모르셀 씨는 연초에 돌아가셨고, 제가 사업을 인계받았지요…….」

매그레는 옆구리에 보퉁이를 끼고, 길거리로 나왔다. 리에주에서 가장 오래된 길 중 하나인 오르샤토 가에 접어들었다. 건물들로 둘러싸인 작은 광장 안쪽에, 아연판에 새겨진 간판이 눈에 띄었다. 〈사진 제판 — 제프 롱바르 — 종류 불문 속성 제작〉.

리에주 구시가 특유의 작은 창유리들이 끼워진 고풍스러운 창문들이 광장을 내려다보고 있었다. 울퉁불퉁한 포석들이 깔려 있는 광장 중앙에는 옛 시절 귀족가(家)의 문장을 새긴 분수반(噴水盤)이 솟아 있었다.

반장은 초인종을 눌렀다. 2층에서 내려오는 발소리가 나더니, 한 노파가 현관문을 반쯤 열고는 유리가 끼워진 문을 가리켜 보였다.

「열려 있어요. 작업실은 복도 맨 안쪽이라오.」

유리문을 통해 빛이 들어오는 길쭉한 방에서, 푸른 작업복을 입은 남자 둘이 아연판들과 산(酸)이 가득 든 물통들 사이를 오가며 일하고 있었다. 바닥에는 초벌 인화지며 인쇄용 잉크가 얼룩진 종이들이 널려 있었다.

벽은 각종 광고로 뒤덮여 있었으며, 잡지 표지들도 더러 붙어 있었다.

「롱바르 씨는……?」

「사무실에 계십니다. 손님이 오셔서요……. 이리로 가세요. 뭘 묻히지 않게 조심하십시오! 왼쪽으로 돌아 첫번째 문입니다.」

건물은 여러 차례 덧대어 지은 듯했다. 층계를 올라갔다 내려갔다 해야 했고, 문을 열어 보면 쓰지 않는 방들도 있었다.

구식이면서도 이상하게 편안한 분위기였다. 아까 문을 열어 준 노파도 그랬고, 작업실의 일꾼들도 그랬다.

빛이 잘 들지 않는 복도에 들어서자 말소리가 들려왔다. 그중에 조제프 반 담의 목소리가 섞인 듯하여, 반장은 귀를 기울여 보았다. 하지만 또렷이 분간되지 않았다. 그래서 몇 걸음 더 다가가자 소리가 뚝 그쳤다. 열린 문틈으로 누가 얼굴을 내밀기에 보니 제프 롱바르였다.

「저를 찾아오셨나요?」 그는 어두운 복도에 서 있는 방문자를 알아보지 못한 채 소리쳤다.

사무실은 다른 방들보다 작았고, 탁자 하나에 의자 두 개, 그리고 사진 원판들을 잔뜩 쌓아 놓은 선반들이 있었다. 탁자 위에는 각종 청구서, 견본, 여러 회사의 전용지에 쓰인 편지들이 어질러져 있었다.

반 담은 사무실 한쪽 구석에 앉아 있었다. 매그레를 향해 희미하게 고개를 끄덕해 보였을 뿐 꼼짝 않고 앉아 찌푸린 얼굴로 곧장 앞만 보고 있었다.

제프 롱바르는 작업복 차림이었다. 손은 더러웠고, 얼굴에는 검은 얼룩이 군데군데 묻어 있었다.

「무슨 일로……?」

그는 의자 위에 수북한 종이를 치우고, 손님에게 의자를 내밀었다. 그러고는 선반 가장자리에 걸쳐 두었던 담배꽁초를 찾아 들었다. 담뱃불에 선반이 타들던 참이었다.

「그저 한 가지 알아볼 게 있어서요.」 반장은 선 채로 말했다. 「방해가 되어 미안합니다. 혹시 여러 해 전에 장 르코크 다른비유라는 사람과 알고 지낸 적이 있습니까?」

그 말은 방아쇠를 당긴 것과도 같은 효과가 있었다. 반담은 부르르 떨었지만, 매그레 쪽을 쳐다보지는 않았다. 사진 제판사는 갑자기 몸을 굽혀 땅바닥에 굴러다니던 구겨진 종이를 주워 들었다.

「글쎄요……. 그런 이름을 들어 보긴 한 것 같은데…….」 그는 우물거렸다. 「리에주 사람이겠지요……?」

얼굴이 창백했다. 그는 사진판 한 무더기의 위치를 바꿔 놓았다.

「글쎄, 어떻게 됐는지 모르겠군요……. 하도 오래전 일이라……!」

「제프! ……어서 와보게, 제프!」

미로처럼 얽힌 복도 어딘가에서 여자의 목소리가 들려왔다. 급히 달려온 여자는 열린 문 앞에서 헐떡이며, 흥분

한 나머지 다리를 후들거리면서 앞치마 끝으로 땀을 닦았다. 매그레에게 문을 열어 준 그 노파였다.

「제프……!」

그 역시 격앙된 얼굴에 눈을 빛내며 물었다.

「어떻게 됐어요?」

「딸이야! ……어서!」

그는 주위를 둘러보고 몇 마디 알아들을 수 없는 말을 웅얼거리더니 방을 뛰쳐나갔다.

두 사람만 남았다. 반 담은 호주머니에서 궐련을 꺼내 천천히 불을 붙이고는 성냥불을 밟아 껐다. 경찰청에서 그랬듯이 딱딱하게 굳어진 표정이었다. 입매도 턱의 움직임도 그때와 똑같았다.

그러나 반장은 그런 그를 보고도 못 본 척, 파이프를 잇새에 물고 주머니에 손을 넣은 채 방 안을 빙 돌며 벽에 걸린 것들을 구경하기 시작했다.

본래의 벽지는 군데군데 몇 센티미터 정도밖에 보이지 않았다. 선반이 없는 곳에는 어디에나 스케치며 판화, 유화들이 걸려 있었기 때문이다.

유화들도 액자에 끼워져 있지 않았다. 그저 틀을 댄 캔버스 위에 그린 서투른 풍경화들이었다. 나뭇잎과 풀이 다 똑같이 짙은 녹색으로 칠해져 있었다.

〈제프〉라고 서명한 풍자만화도 더러 있었는데, 어떤 것은 수채화 물감을 입혔고, 어떤 것은 지방 신문에서 오려 낸 것이었다.

그러나 매그레의 눈길을 끈 것은 전혀 다른 종류의 그림들로, 모두 같은 주제를 다양하게 다룬 것이었다. 종이가 노랗게 바래 있었다. 몇 군데 적힌 날짜로 보아, 이 스케치들이 그려진 시기는 약 10년 전임을 알 수 있었다.

그것들은 전혀 다른 솜씨로, 훨씬 더 낭만적이었다. 초보자가 모방한 귀스타브 도레[7]의 화풍 같은 데도 없잖아 있었다.

처음 눈에 들어온 펜화는 교수형을 당한 사형수를 그린 것으로, 교수대 위에 큼직한 까마귀가 앉아 있었다. 그밖에도 목매달린 자를 주제로 한 연필화, 펜화, 판화 등이 적어도 스무 점은 되는 성싶었다.

숲 가장자리에, 나무의 가지마다 목매달린 자가 그려진 그림이 있는가 하면, 성당 종탑의 수탉 모양 풍향계 아래 십자가의 좌우에 목매달린 자가 그려진 그림도 있었다…….

온갖 종류의 목매달린 자들이 있었다. 어떤 이들은 16세기에 유행하던 옷차림이라, 마치 모든 사람이 지상

---

7 Gustave Doré(1832~1883). 19세기 프랑스의 화가이자 판화가. 발자크 작품 및 단테의 『신곡』 삽화로 알려져 있다.

몇 자 되는 곳에서 뒤룽거리는 기적의 거리[8]처럼 보였다.

가스등이 달린 교수대에 실크해트와 연미복 차림으로 단장을 손에 든 미치광이가 매달린 그림도 있었다…….

어떤 스케치 아래쪽에는 글귀를 적어 놓기도 했다. 가령 프랑수아 비용[9]의 「목매달린 자들의 발라드」 중 서너 줄이라든가.

날짜들을 보면 전부 같은 무렵에 그려진 것들이었다! 10년 전에 그려진 이 암울한 그림들은 유머 신문의 만평이라든가 연감의 삽화들, 아르덴의 풍경화나 선전 광고들과 나란히 붙어 있었다.

종탑을 주제로 한 그림도 여러 점이었다. 또는 성당 전체를 그린 것도 있었다! 정면에서, 측면에서, 또는 아래쪽에서 보고 그린 것……. 정문만 또는 빗물받이의 가고일[怪面]만을 그린 것도 있으며, 또는 성당 앞뜰을 그리되 원근법을 강조한 나머지 여섯 단짜리 층계가 엄청나게 커 보이는 것도 있다…….

매번 같은 성당이다! 매그레는 이 벽에서 저 벽으로 옮겨 가면서, 반 담이 안절부절못하는 기색을 느꼈다. 뤼장

---

8 구체제 프랑스에서 불구자 행색으로 구걸하던 거지들의 소굴. 이 본거지에 들어서기만 하면 장님은 눈을 뜨고 절름발이는 멀쩡하게 걷는다고 해서 〈기적의 거리〉라 불렸다.

9 François Villon(1431~?). 15세기 프랑스 시인. 부랑자요 범법자로 살았다.

시 수문에서와 같은 유혹에 시달리고 있는지도 모를 일이었다.

그렇게 15분쯤 지났을까, 제프 롱바르가 돌아왔다. 눈시울이 젖은 채, 이마 위로 흘러내린 머리칼을 쓸어 넘겼다.

「실례했습니다……. 아내가 막 출산을 해서요……. 딸입니다…….」

그의 목소리에는 한 가닥 자랑이 깃들어 있었지만, 말을 하면서 그는 매그레에게서 반 담에게로 불안한 시선을 돌렸다.

「셋째지요……. 그런데도 초산 때만큼이나 두근거리는군요! ……제 장모님을 보셨지요? 장모님은 자식을 열한 명이나 낳았는데도, 기뻐서 우시더군요……. 일꾼들에게도 기쁜 소식을 알리러 가셨지요……. 그 녀석들을 데려다 갓난애를 보여 주시겠답니다…….」

그는 매그레의 눈길을 따라가다가 종탑 아래 십자가 양쪽에 목매달린 자들의 그림에 눈이 멎자, 한층 더 초조해진 듯 눈에 띄게 당황하며 더듬거렸다.

「어렸을 때 습작이지요……. 영 못 그렸어요……. 하지만 그 당시엔 저도 꽤 훌륭한 화가가 될 줄 알았답니다…….」

「리에주에 있는 성당입니까?」

제프는 선뜻 대답하지 않았다. 그러더니 마지못한 듯

입을 열었다.

「7년 전에 헐리고 없습니다……. 새 성당을 지으려고 철거했지요. 원래 썩 잘 지은 것이 아니었거든요. 딱히 양식이라 할 만한 것도 없었고……. 하지만 아주 오래되었고, 그 모든 생김새와 주변의 골목길에는 뭔가 신비로운 것이 있었지요……. 그 골목들도 이제 다 헐렸지만…….」

「성당 이름이 뭐였습니까?」

「생폴리앵 성당이에요……. 그 자리에 새로 들어선 성당도 같은 이름이고요.」

조제프 반 담은 마치 온몸의 신경이 곤두서기라도 한 듯 좌불안석이었다. 그의 내면에서 일어나고 있는 동요는 거의 눈에 띄지 않는 움직임으로밖에 드러나지 않았지만, 호흡이 거칠어지고 손가락이 가늘게 떨리는가 하면 책상에 기댄 다리도 줄곧 들먹거리고 있었다.

「결혼한 후에 그런 겁니까?」 매그레가 물었다.

롱바르가 소리 내어 웃었다.

「겨우 열아홉 살이었는걸요! ……미술 학교에 다닐 때였지요. 자, 이걸 좀 보십시오!」

그러면서 그는 향수 어린 눈길로 그리다 만 초상화를 가리켜 보였다. 칙칙한 색조였지만, 그래도 그만의 특이한 생김새를 알아볼 수 있었다. 머리칼은 목덜미까지 내려와 있고, 목까지 단추를 채우는 검은 튜닉에 리본 모양의 넥타이를 매고 있었다.

극히 낭만적인 초상화였다. 배경에는 낭만주의 그림의 전통적인 소품인 해골바가지까지 갖추어져 있었다.

「그 시절에야 제가 사진 제판사가 될 줄 누가 알았겠어요……!」 제프 롱바르는 자조했다.

그는 매그레뿐 아니라 반 담의 존재 때문에도 거북해하는 듯했다. 그러면서도 그들을 어떻게 돌려보낼지 모르는 눈치였다.

일꾼 하나가 아직 준비되지 않은 사진 원판에 대해 물으러 왔다.

「오후에 다시 오라고 해!」

「그러면 너무 늦을 것 같은데요!」

「할 수 없지! 내가 딸을 낳았다고 해……」

그의 눈빛과 몸짓, 작업용 산(酸)이 점점이 튄 얼굴의 창백한 안색은 기쁨과 초조함과 고뇌가 뒤섞인 감정을 드러내고 있었다.

「뭘 좀 드시렵니까? ……집 안으로 가십시다.」

세 사람은 이리저리 꺾이는 복도를 지나, 아까 노파가 매그레에게 열어 주었던 문으로 들어갔다.

복도에는 파란 타일이 깔려 있었다. 청결한 냄새 가운데, 아마도 산실의 후텁지근함에서 오는 듯 다소 역한 냄새가 희미하게 감돌았다.

「큰 놈들은 처남 집에 가 있지요……. 이쪽으로 오십시오…….」

그는 식당 문을 열었다. 창문에 끼워진 작은 유리들을 통해서는 야박한 빛밖에 새어 들지 않았다. 사방에 늘어놓은 구리 냄비들이 빛을 반사할 뿐, 가구들은 어스름에 잠겨 있었다.

벽에 걸린 커다란 여인의 초상은 〈제프〉라 서명되어 있었는데, 전체적으로 서투르지만 모델을 미화하려는 노력이 역력한 그림이었다.

그림 속 여인은 그의 아내인 것이 분명했다. 매그레는 주위를 둘러보다가 역시 예상했던 대로 목매달린 자들의 그림을 발견했다. 아까보다 더 잘된 것들이었다! 액자에 끼울 만하다고 판단한 듯했다.

「진 한 잔 하시겠습니까?」

반장은 조제프 반 담의 사나운 눈길이 자신에게 머무는 것을 느꼈다. 그에게는 이 대화의 한 마디 한 마디가 곤혹스러운 듯했다.

「조금 전에 장 르코크 다른비유와 아는 사이였다고 하셨지요…….」

위층에서 발소리가 났다. 아마 바로 위가 산실인 듯했다.

「그저 안면이나 있는 정도였지요…….」

제프 롱바르는 건성으로 대답하며 위층의 소리에 귀를

기울였다.

그러고는 잔을 들며 말했다.

「제 딸아이와 아내의 건강을 위하여⋯⋯!」

그는 갑자기 고개를 돌리고는 단숨에 잔을 비우더니, 찬장으로 가서 무엇인가 있지도 않은 것을 찾는 척했다. 마음의 동요를 숨기려는 것이었지만, 그럼에도 불구하고 반장의 귀에는 숨죽인 흐느낌이 들려왔다.

「위층에 가봐야겠습니다⋯⋯. 실례합니다⋯⋯. 언제고 다시⋯⋯.」

반 담과 매그레는 서로 한 마디도 건네지 않았다. 광장을 가로질러 수반 곁을 지나면서, 반장은 이 사람이 이제 어쩌려나 하고 빈정거리듯 동행을 지켜보았다.

그러나 큰길로 나오자 반 담은 경례하듯 모자 테에 잠깐 손을 갖다 대고는 오른쪽으로 성큼성큼 걸어가 버렸다.

리에주에는 택시가 드물다. 매그레는 전차 노선을 모르는 터라 걸어서 철도 호텔로 돌아가 점심 식사를 하고는, 그 지역 신문에 대해 알아보았다.

오후 2시, 그는 라 뫼즈 신문사 건물로 들어가려다가, 막 나오는 길인 조제프 반 담과 마주쳤다. 두 사람은 1미터 간격으로 스쳐 지나가면서 서로 인사도 하지 않았다. 반장은 혼자 투덜거렸다.

「저 친구 계속 나를 앞지르는구먼……!」

그는 한 직원에게 다가가 옛날 신문철을 열람할 수 있는지 물어보았다. 그러고는 신청서를 작성하고 담당자의 허가를 기다렸다.

몇 가지 세부적인 사항들이 그의 신경에 걸려들었다. 즉, 아르망 르코크 다른비유가 동생이 리에주를 떠난 것으로 알고 있는 시기와 제프 롱바르가 병적인 집착을 가지고 목매달린 자들을 그린 시기가 거의 일치한다는 것이었다.

또, 노이샨츠와 브레멘의 부랑자가 누런 가방에 가지고 다니던 낡은 양복 B는, 독일의 전문가는 최소한 6년은 된 것이라고 했지만, 어쩌면 10년까지 된 것일 수도 있었다.

게다가, 조제프 반 담이 라 뫼즈 신문사에 들렀다는 사실은 그 자체만으로도 뭔가를 말해 주는 것이 아닌가?

그가 안내되어 간 방은 마룻바닥이 스케이트장만큼이나 반들반들하게 왁스 칠이 되어 있는 곳으로, 값비싸고 웅장한 가구들이 갖추어져 있었다. 은줄을 찬 직원이 그에게 물었다.

「몇 년도 신문을 보시렵니까?」

매그레는 온 방의 벽을 따라 진열된 커다란 지함(紙函)들에 묵은 신문들이 연도별로 정리되어 있다는 것을 이미 파악하고 있었다.

「제가 직접 찾아보겠습니다…….」 그는 말했다.

열람실에서는 왁스와 오래된 종이의 냄새가 났고, 신문사다운 호사스러움이 느껴졌다. 몰스킨을 매끈하게 씌워 놓은 탁자 위에는 거추장스럽게 큰 책을 펼쳐 놓을 수 있게끔 독서대가 놓여 있었다. 모든 것이 너무나 깔끔하고 단정하고 엄숙해서, 반장은 호주머니에서 파이프를 꺼낼 엄두가 나지 않았다.

잠시 후 그는 목매달린 자들의 그림이 그려진 연도에 해당하는 신문철을 한 장 한 장 넘겨 보았다.

수천 가지 제목이 그의 눈앞을 지나갔다. 어떤 것들은 전 세계적인 사건들을, 어떤 것들은 이 지역에서 일어난 일을 다루고 있었다. 가령, 백화점의 화재라든가(사흘 동안 전면 기사로 다루어졌다), 부시장의 사직, 전차 요금 인상 같은 것들이었다.

문득 신문을 철한 자리를 따라 뜯어낸 흔적이 눈에 띄었다. 2월 15일 자 신문이 뜯겨 나가고 없었다.

매그레는 급히 대기실로 가서 직원을 데리고 돌아왔다.

「저보다 먼저 온 사람이 있었지요? 그도 바로 이 신문철을 신청하지 않았습니까?」

「그렇습니다만……. 그 사람은 5분밖에 머물지 않았어요…….」

「당신은 리에주 출신입니까? 그 날짜에 무슨 일이 있었는지 혹시 기억납니까?」

「글쎄요. 10년 전이라……. 그건 제 처제가 죽은 해였는데……. 아, 생각납니다! 큰 홍수가 일어났어요! 그래서 시신을 매장하는 데도 일주일씩 기다려야 했지요! 뫼즈 강에서 가까운 길들은 배를 타고 다녀야 할 정도였으니까요……. 자, 이 기사 좀 보세요! 〈왕과 왕비가 난민을 방문하시다〉라는군요……. 사진도 났지요……. 저런, 하루치 신문이 없어졌군요! 이럴 수가……! 국장님께 보고해야겠군요…….」

매그레는 몸을 굽혀 바닥에서 신문지 조각을 주워 들었다. 분명 반 담이 2월 15일 자 신문을 뜯어낼 때 떨어진 것일 터였다.

7
세 사람

리에주에는 일간지가 네 가지 있다. 매그레는 두 시간
은 좋이 걸려 그 네 군데 편집국을 돌아보았는데, 아니나
다를까, 어느 신문사의 신문철에도 2월 15일 자 신문은
남아 있지 않았다.

리에주 시의 중심부는 〈카레〉[10]라 불리는 네모진 구역
으로, 고급 상점과 큰 맥주홀, 영화관, 무도장 등이 그 일
대에 모여 있다.

사람들이 웬만하면 다 만나지는 곳이라, 반장은 거기
서 손에 단장을 들고 지나가는 조제프 반 담을 적어도 세
번은 보았다.

철도 호텔로 돌아와 보니, 메시지가 두 개 와 있었다.
하나는 그가 떠나기 전에 몇 가지 일을 지시해 두었던 뤼
카로부터 온 전보였다.

10 〈carré〉는 프랑스어로 〈정사각형〉이라는 뜻이다.

로케트 가 루이 죄네의 침실 벽난로에서 타고 남은 재 수거. 전문가 감식. 벨기에 및 프랑스 지폐의 잔재로 판명. 재의 분량으로 보아 거액으로 추정.

또 하나는 편지였는데, 심부름꾼이 호텔로 가져왔다고 했다. 이름이 찍힌 전용지가 아니라 타자수들이 쓰는 보통 종이에 타자된 것이었다.

반장 귀하,
본인은 귀하께서 현재 수사 중이신 사건과 관련하여 유용한 모든 정보를 제공할 용의가 있음을 삼가 아뢰나이다.

몇 가지 이유로 본인은 신중을 기해야 하는 바, 만일 귀하께서 본인의 제의에 관심을 가지신다면, 오늘 저녁 11시 왕립 극장 뒤에 위치한 카페 드 라 부르스로 왕림하시기 바라나이다.

경구(敬具)

서명은 없었다. 하지만 〈삼가 아뢰나이다……〉라느니, 〈왕림하시기 바라나이다……〉라느니, 상업용 서한에나 쓸 법한 문구들을 이런 종류의 메모에 사용한다는 것은 좀 뜻밖의 일이었다.

매그레는 혼자 식사를 했다. 그러면서, 관심의 방향이 자기도 모르게 달라진 것을 깨달았다. 그는 이제 장 르코크 다른비유, 일명 루이 죄네라는 인물, 브레멘의 한 호텔 방에서 자살한 사내에 대해서는 이전만큼 생각하지 않게 되었다.

오히려 그의 뇌리를 떠나지 않는 것은 제프 롱바르의 그림들이었다. 성당의 십자가에, 숲의 나무들에, 다락방의 못에, 곳곳에 목매달린 자들이 시뻘건 또는 푸르죽죽한 얼굴에 온갖 시대의 옷차림을 한 기괴하고 음산한 모습으로 뒤룽거리는 그림들…….

저녁 10시 반에, 그는 왕립 극장을 향해 출발, 11시 5분 전에 카페 드 라 부르스의 문을 밀고 들어섰다. 작고 조용한 카페로, 단골손님들, 특히 카드놀이를 하는 손님들이 드나드는 곳이었다.

전혀 뜻밖의 장면이 그를 기다리고 있었다. 계산대 옆 한구석 테이블에 세 남자(모리스 벨루아르, 제프 롱바르, 조제프 반 담)가 앉아 있었던 것이다.

웨이터가 반장의 외투를 받아 드는 사이에, 양편 모두 주저하는 기색이 스쳤다. 벨루아르는 기계적인 동작으로 몸을 반쯤 일으켜 인사를 했다. 반 담은 꼼짝도 하지 않았고, 놀랄 만큼 초췌해진 롱바르는 의자에 앉아는 있었지만 안절부절못하면서 동료들이 어떤 태도로 나올지 기다리고 있었다.

매그레는 그들에게 다가가서 악수를 하고 합석을 해야 할지 잠시 망설였다. 어차피 아는 사이이기는 하다. 브레멘의 사업가와는 점심 식사를 함께 한 적이 있고, 벨루아르한테서는 랭스에 있는 그의 집에서 브랜디를 대접받은 적이 있다……. 그리고 바로 그날 아침 제프의 집에도 갔었다.

「다들 안녕하시오…….」

그는 악수를 할 때면 늘 그러듯이, 힘차게 상대의 손을 쥐고 흔들었다. 경우에 따라서는 그의 그런 동작이 위협적으로 보이기도 했다.

「여기서 여러분을 다시 만나게 될 줄이야!」

반 담의 옆자리가 비어 있기에, 그는 그 자리에 앉으며 웨이터에게 말했다.

「블롱[11] 한 잔!」

그러고는 침묵이었다. 무겁고 어색한 침묵이 계속되었다. 반 담은 턱을 굳게 다문 채 똑바로 앞만 바라보고 있었다. 제프 롱바르는 여전히 안절부절못하는 것이 마치 옷이 너무 작아서 소매가 거북하기라도 한 듯했다. 벨루아르는 침착하고 초연한 태도로 손톱을 들여다보며, 먼

11 보통 맥주보다 색깔이 엷은 맥주.

지가 들어간 검지 손톱 밑을 성냥개비 끝으로 후비고 있었다.

「롱바르 부인께서는 산후가 괜찮으십니까?」

제프는 당황하여 주위를 두리번거리다가, 시선을 난로에 고정하고는 더듬거리며 대답했다.

「아주 좋습니다……. 감사합니다…….」

계산대 위쪽에 벽시계가 걸려 있었고 매그레는 그렇게 한마디 말도 없이 흘러가는 시간을 5분까지 쟀다. 반담은 궐련의 불이 꺼진 것도 아랑곳하지 않았다. 그만이 숨김없는 증오심을 드러낸 표정이었다.

제프가 가장 볼만했다. 그날 있었던 일들 때문에 신경이 끊어질 듯 팽팽해진 듯했다. 얼굴의 가장 미세한 근육까지도 경련하고 있었다.

너나없이 목청 높여 떠들어 대는 카페 안에서 네 사람의 테이블은 침묵의 오아시스와도 같았다.

「르블로트!」[12] 오른쪽 자리의 누군가가 의기양양하게 외쳤다.

「티에르스 오트!」[13] 왼쪽의 인물이 주저하듯 말했다. 「이거면 됐지?」

12 카드 게임에서 킹과 퀸의 으뜸 패를 모두 가졌을 때, 킹의 으뜸 패를 내면서 〈블로트〉, 그 위에 퀸의 으뜸 패를 내면서 〈르블로트〉라 외친다.
13 석 장의 패가 연속으로 이어지는 것.

「맥주 셋! 셋이오!」웨이터가 소리 질렀다.

온통 시끌벅적하게 돌아가는데 네 사람이 앉은 테이블만 조용한 것이, 마치 보이지 않는 벽이 그들을 차츰 에워싸는 듯했다.

마침내 침묵을 깬 것은 제프였다. 그는 아랫입술을 깨물더니, 벌떡 일어나며 더듬거렸다.

「하는 수 없지……!」

그는 친구들을 잠시 날카롭고 고통스러운 눈길로 바라보고는, 외투와 모자를 찾아 들고 문간으로 가서 거칠게 문을 열어젖혔다.

「저렇게 혼자 뛰쳐나가 금방이라도 울음을 터뜨릴 기세로군…….」 매그레는 중얼거렸다.

그는 사진 제판사의 가슴에서 분노와 절망의 흐느낌이 끓어올라 목울대가 떨리는 것을 진작부터 눈치채고 있었던 것이다.

그는 대리석 탁자만 뚫어져라 보고 있는 반 담 쪽을 돌아보며 맥주를 반쯤 들이켠 후 손등으로 입술을 닦았다.

랭스의 벨루아르 집에서와 같은 분위기가 열 배쯤 밀도를 더한 것만 같았다. 매그레는 그곳에서도 똑같은 사람들 앞에 불쑥 나타났었다. 이 불청객의 등장은 그의 육중한 체구 때문에 한층 더 위협적으로 느껴졌다.

그는 키가 크고 어깨가 떡 벌어졌으며, 몸피가 두툼하

고 단단했다. 신경 쓰지 않은 옷차림도 그런 서민다운 체격을 두드러지게 했다. 둔중한 얼굴에 눈은 소처럼 우직한 무표정을 띨 수도 있었다.

그는 말하자면 아이들의 악몽에 등장하는 인물과도 비슷했다. 잠든 아이를 뭉개 버리려는 듯 다가오는 거대하고 무표정한 괴물 말이다.

그에게는 그처럼 목표를 향해 나아가는 후피류(厚皮類)를 연상시키는 비인간적이고 무자비한 무엇이 있었다.

그는 맥주를 마시고 파이프 담배를 피우며 만족한 듯한 눈길로 시계를 바라보았다. 시곗바늘은 매분 금속성의 소리를 내며 퉁기듯 앞으로 나아갔다. 멋대가리 없는 시계였다!

그는 딱히 누구를 지켜보는 것처럼 보이지 않았지만, 그래도 좌우에서 벌어지고 있는 사소한 일까지도 빈틈없이 파악하고 있었다.

그의 평생에서 가장 색다른 한 시간이었다. 어느덧 한 시간 가까이 지나갔던 것이다! 정확히 52분간의 신경전이었다!

제프 롱바르는 처음부터 기권했지만, 다른 둘은 여전히 버티고 있었다.

매그레는 그 둘 사이에 재판관처럼 앉아 있었지만, 아무것도 고발하지 않는 재판관이요 대체 무슨 생각을 하는지도 짐작할 수 없는 재판관이었다. 그는 대체 무엇을 알고 있는 것일까? 무엇 때문에 여기까지 왔을까? 무엇을 바라는 걸까? 그의 의혹을 구체화해 줄 말 한 마디, 몸짓 하나를 기다리고 있는 것일까? 그는 이미 모든 진상을 알아낸 것일까, 아니면 그의 자신감은 허세에 지나지 않는 것일까?

대체 무슨 말을 할 수 있을까? 또다시 우연을 빙자하여, 그저 오다가다 만난 것이라고 할까?

침묵이 계속되었다. 대체 무엇을 기다리는지 알 수 없는 채 기다리고만 있었다. 무엇인가를 기다리지만, 아무 일도 일어나지 않았다.

시곗바늘은 1분마다 퉁기듯 전율했다. 기계 장치가 가볍게 긁히는 소리가 났다. 처음에는 잘 들리지도 않던 소리가, 이제는 굉음이 되었다. 처음에 똑 하는 소리가 나고 바늘이 움직여, 딱 하면서 새로운 자리에 가서 멎는 것이다. 그러는 동안 시계의 얼굴은 연방 달라졌다. 둔각은 차츰 예각이 되었고, 두 개의 바늘이 곧 겹쳐졌다가 갈라질 것이었다.

웨이터는 이 침울한 분위기의 테이블 쪽으로 놀란 듯한 눈길을 던졌다. 모리스 벨루아르는 가끔 침을 삼켰고, 매그레는 그를 보지 않고도 그가 무엇을 하는지 알 수 있었다. 그는 벨루아르가 살아 숨 쉬고 잔뜩 긴장하여 가끔씩 예배당 안에서처럼 조심스럽게 다리 위치를 바꾸는 것을 낱낱이 알고 있었다.

손님들이 점점 뜸해졌다. 테이블마다 붉은 테이블보와 카드를 치워 버리자 차가운 빛깔의 대리석이 드러났다. 웨이터가 덧창을 닫으러 밖으로 나간 사이에, 안주인은 게임용 주화들을 액수대로 나누어 작은 무더기들로 쌓고 있었다.

「더 계실 겁니까……?」 마침내 벨루아르가 물었다. 울림이 거의 느껴지지 않는 음성이었다.

「당신들은?」

「저는……. 모르겠습니다…….」

그러자 반 담이 동전으로 테이블을 톡톡 두드려 웨이터를 불렀다.

「얼마요?」

「전부요? ……9프랑 75상팀입니다.」

세 사람은 서로 눈길을 피하며 일어났고, 웨이터는 한 사람씩 거들어 외투를 입혀 주었다.

「모두 안녕히 가십시오…….」

밖에는 안개가 자욱해서 가로등 불빛도 잘 분간되지 않았다. 집집마다 덧창들이 닫혀 있었다. 어딘가 멀리서 보도 위 발소리들이 울려 퍼졌다.

어느 방향으로 가야 할지 잠시 망설임이 있었다. 세 사람 중 아무도 선뜻 먼저 발걸음을 떼어 놓으려 하지 않았다. 등 뒤에서는 카페 문을 잠그고 빗장을 지르고 있었다.

왼쪽으로는 오래된 집들이 들쭉날쭉하게 들어선 골목이 나 있었다.

「자, 그럼……」 매그레가 마침내 입을 열었다. 「이제 안녕히 가시라는 인사만 남았소이다.」

벨루아르와 먼저 악수를 하는데, 차가운 손에 신경이 곤두선 것이 느껴졌다. 마지못해 내민 반 담의 손은 축축하고 힘이 없었다.

반장은 외투 깃을 추켜세우고 헛기침을 한 후, 인적이 끊어진 길을 따라 혼자 걷기 시작했다. 그의 모든 감각은 단 한 가지 목표에 집중되어 있었다. 즉, 아주 작은 소리, 아주 가벼운 공기의 떨림이라도 위험을 알리는 신호를 놓쳐서는 안 될 것이었다.

오른손은 주머니에 넣은 채 권총의 손잡이를 쥐고 있었다. 그의 왼쪽에 펼쳐진 미로 같은 골목들, 리에주 시의 한복판에 마치 나환자 섬처럼 고립되어 있는 그 구역에서, 사람들은 소리를 내지 않으려 조심하면서 급히 걸어가는 듯했다.

나직이 주고받는 말소리가 들리는 성싶었지만, 아주 멀리서 나는 소리인지 아니면 아주 가까이서 나는 소리인지, 자욱한 안개 때문에 감각에 혼선이 생겨 잘 분간이

가지 않았다.

그러다 갑자기 그는 길 한쪽 옆으로 급히 비켜서서 어느 문간에 바짝 붙어 섰다. 둔한 총성이 울리더니 누군가가 어둠 속을 전속력으로 달려갔다.

매그레는 그제야 몇 발짝 나서서 총소리가 난 골목을 들여다보았지만, 막다른 골목 어귀들이 좀 더 어둡게 드러날 뿐 아무것도 보이지 않았다. 2백 미터쯤 떨어진 골목 맨 끝, 흐릿한 전구의 불빛이 감자튀김을 파는 가게의 광고판 역할을 하고 있을 뿐이었다.

잠시 후 그는 그 가게 앞을 지나갔다. 젊은 여자 하나가 노란 튀김이 담긴 종이 봉지를 들고 가게에서 나왔다. 여자는 그에게 건성으로 추파를 던지는가 싶더니, 불빛이 좀 더 환한 길 쪽으로 가버렸다.

매그레는 큼직한 검지로 펜을 종이에 꾹꾹 눌러 가며 침착하게 편지를 썼다. 이따금씩 파이프의 뜨거운 재를 다져 내리기도 했다.

그는 철도 호텔의 자기 방에 있었다. 창밖에 보이는 역사의 환한 시계가 새벽 2시를 가리키고 있었다.

뤼카 군,

무슨 일이 일어날지 알 수 없으므로 일단 몇 가지 사

실을 알려 두겠네. 만일의 경우, 내가 시작한 수사를 자네가 계속할 수 있도록.

1. 지난주 브뤼셀에서 행색이 초라하고 부랑자 같은 한 사내가 1천 프랑짜리 지폐 30장이 든 꾸러미를 파리 로케트 가의 자기 주소지로 우송했음. 조사해 보면 그가 종종 그만한 거액을 자신에게 보냈으나, 사용하지는 않았던 것이 드러날 것임. 그의 방에서 일부러 태운 지폐의 재가 상당량 발견되었다는 것이 그 증거임.

그는 루이 죄네라는 가명을 쓰며, 동네 공장에서 꽤 규칙적으로 일했음.

그는 결혼하여(픽퓌스 가의 약재상 죄네 부인을 찾아가 볼 것) 아들을 하나 낳았으나, 폭음으로 인한 심각한 불화 끝에 처자를 버리고 가출했음.

브뤼셀에서는 돈을 우송한 후, 호텔 방에 두었던 소지품을 담기 위해 여행 가방 하나를 샀음. 그가 브레멘으로 가던 중에, 내가 이 가방을 똑같이 생긴 다른 가방과 바꿔치기했음.

죄네는 그때까지 자살할 의도가 없었던 것 같고 저녁거리를 사들고 투숙했으나, 소지품을 도난당한 것을 알자 자살했음.

그 소지품이란 자기 것이 아닌 낡은 양복인데, 여러 해 전에 싸우다 찢어지고 피범벅이 된 것임. 리에주에서 만든 양복임.

브레멘에서는 한 남자가 시신을 보러 왔음. 수출입 중개상 조제프 반 담이라는 자인데, 그 역시 리에주 출신임.

파리에서 나는 루이 죄네의 본명이 장 르코크 다른 비유이며, 리에주 출신으로 행방이 묘연해진 지 오래되었다는 것을 알게 되었음. 그는 대학 공부까지 했으며, 약 10년 전 리에주에서 사라지기까지 아무런 비행도 저지른 적이 없음.

2. 장 르코크 다른비유가 브뤼셀로 출발하기 전, 랭스에서 밤늦게 은행의 부행장인 모리스 벨루아르의 집에 들어가는 것을 본 이가 있다고 함. 벨루아르는 리에주 출신으로, 그런 만남을 부인함.

그러나 브뤼셀에서 우송한 3만 프랑은 바로 이 벨루아르가 서명한 수표를 환급한 것임.

벨루아르의 집에서, 나는 브레멘에서 항공편으로 온 반 담, 리에주에 사는 사진 제판사 제프 롱바르, 그리고 역시 동향인 가스통 자냉을 만났음.

반 담과 동행하여 파리로 돌아가던 중, 그는 나를 마른 강에 밀어 넣으려 했음.

리에주의 제프 롱바르 집에서 또다시 반 담과 마주침. 롱바르는 약 10년 전에는 그림을 그렸다고 하며,

그의 집 벽은 그 당시의 그림들로 뒤덮여 있음. 특히 목매달린 자들을 그린 그림들이 특기할 만함.

여러 신문사에 가서 신문철을 뒤져 보았으나, 목매달린 자들의 그림에 적혀 있던 연도의 2월 15일 자 신문은 모두 뜯겨 나가고 없었음. 반 담의 소행.

오늘 저녁, 서명 없는 편지 한 통이 진상을 전부 밝히겠다고 제안하며, 시내의 카페로 나오라고 하였음. 가보니 한 사람이 아니라 세 사람 — 벨루아르(랭스에서 온), 반 담, 제프 롱바르 — 이 기다리고 있었음.

그들은 어색한 태도로 나를 맞이했음. 그중 한 사람이 내게 털어놓기로 결심했으나, 다른 두 사람이 그를 말리려고 나왔던 것이라고 확신함.

제프 롱바르는 안절부절못하다가 불쑥 일어나 가버림. 다른 두 사람과 좀더 머물다가, 자정이 지나 밖에서 헤어졌음. 안개가 자욱했고, 잠시 후 누군가 나를 향해 총을 쏘았음.

결론적으로, 셋 중 한 사람이 내게 고백하려 했고, 셋 중 한 사람이 나를 제거하려 했다고 봄.

총을 쏜 것도 일종의 고백이었다고 본다면, 저격자는 기회만 주어진다면 다시 시도할 것이고 이번에는 실패하지 않을 수도 있음.

그러나 벨루아르, 반 담, 제프 롱바르, 세 사람 중 누구인지?

다시 공격해 온다면 알게 될 것임. 사고가 일어날 가능성에 대비하여 이 편지를 쓰는 것임. 만약의 경우 수사를 계속할 수 있도록.

사건의 심정적인 면에 관해서는, 죄네 부인과 형 아르망 르코크 다른비유를 만나 볼 것.

이제 자러 가네. 본부의 여러분에게 안부 전해 주게.

매그레

안개가 걷혔다. 매그레가 건너가는 아브루아 광장의 모든 나무와 풀잎에는 하얀 서리가 알알이 맺혀 있었다.

창백하고 푸른 하늘에는 해가 다소 움츠러든 듯이 빛나고, 서리는 시시각각 맑은 물방울로 변해 자갈길에 떨어졌다.

오전 8시, 반장은 아직 한산한 카레를 성큼성큼 걸어갔다. 여기저기 영화관의 간판들이 닫힌 덧창들에 기대어져 있었다.

매그레는 우체통 앞에 걸음을 멈추고, 뤼카 형사 앞으로 쓴 편지를 통 속에 떨어뜨렸다. 그러고는 다소 마음이 동요되는 듯 주위를 둘러보았다.

바로 이 도시, 연한 금빛 햇살이 넘치는 이 거리에, 바로 이 시간에, 한 사내가 그를 생각하고 있다. 그리고 그에게는 매그레를 죽이는 것 말고는 달리 살아날 방도가 없는 것이다. 그가 반장보다 유리한 점은 이곳 지리를 잘 안다는 것으로, 그렇다는 것을 간밤에 그 미로 같은 골목들을 뚫고 달아남으로써 입증한 터이다.

또한, 그는 매그레를 알고 있으며, 어쩌면 바로 이 순간에도 그를 지켜보고 있는지도 몰랐다. 반면, 반장은 그가 누구인지 모르는 채였다.

제프 롱바르일까? 반장의 존재가 오르샤토 가의 그 낡은 집에 위협이 된 것일까? 2층에는 산모가 아직 정정한 친정 엄마의 산바라지를 받으며 누워 있고, 바깥채에서는 느긋한 직공들이 산이 담긴 물통들 사이를 오가며 일하고 신문사에서 자전거를 타고 온 심부름꾼들이 재촉을 해대는…… 그 평화로운 집에?

조제프 반 담일까? 저 음울하고 사나운, 대담하고 속을 알 수 없는 자야말로 반장이 지나갈 길목을 미리 다 알고서 노리고 있지 않을까?

어쨌든 그자는 브레멘에서부터 계속 사태를 예견해 왔던 것이다! 독일 신문에 실린 석 줄짜리 기사를 보고 시체 공시소로 달려왔었다! 매그레에게 굳이 점심을 내는가 하면, 랭스에도 반장보다 먼저 와 있었다!

그뿐인가. 오르샤토 가에도 먼저 와 있었고, 신문사 편집국마다 그가 먼저 다녀갔다!

그리고 간밤에는 카페 드 라 부르스에도!

물론, 실토하기로 결심한 것이 그가 아니라고 단언할 만한 증거는 전혀 없었다. 하지만 그 반대의 증거도 없었다!

아니, 어쩌면 벨루아르인지도 몰랐다. 냉정하고 반듯한, 지방 도시의 유지다운 거만함을 지닌 그야말로 안개 속에서 총을 쏜 인물일 수도 있었다. 매그레를 죽이지 않고는 살아날 길이 없는 인물은 어쩌면 그일 것이다!

아니면, 가스통 자냉일까? 턱수염을 기른 그 자그마한 조각가! 카페 드 라 부르스에는 나오지 않았지만, 어쩌면 그가 골목에서 망을 보고 있었는지도 알 수 없는 일이다!

이 모든 것이 성당 십자가에 목매달려 뒤룽거리는 자와 무슨 관계가 있는 것일까? 하나도 아니고 수많은 목매달린 자들과? 나무에 열매가 달리듯 사람들이 달려 있는 숲과? 옷깃에 손톱으로 할퀸 자국이 있는, 피 묻은 낡은 양복과?

출근하는 타자수들이 보이기 시작했다. 시의 청소차가 느릿느릿 굴러가면서, 기계로 양쪽에서 물을 뿌리고 롤러 모양의 솔로 비질을 하여 쓰레기를 길가의 도랑으로 밀어내고 있었다.

길모퉁이에서는 경찰관들이 새하얀 에나멜 헬멧을 쓰고 팔에는 에나멜 도료를 칠한 완장을 달고서 교통정리를 하고 있었다.

「경찰 본부가 어디요?」 매그레가 물었다.

가르쳐 준 길대로 가보니, 아직 시간이 일러서 청소부 여자들이 청소 중이었다. 하지만 쾌활한 경관 하나가 같은 경찰이라고 반가이 맞아 주었다. 10년 전 기록을, 그것도 2월치를 보자고 하니, 그는 놀라서 소리쳤다.

「24시간 사이에 두 사람이나! ……그 당시 조제핀 볼랑이라는 여자가 정말로 내부자 소행 절도죄를 지었는지, 그걸 보시려는 거 아닙니까?」

「나 말고 누가 왔었소……?」

「어제 오후 5시쯤에……. 리에주 사람인데 외국에 가서 꽤 성공한 친구지요! 아직 젊은데도! ……그 친구 아버지는 의사였는데……. 그는 독일에서 사업을 한다더군요…….」

「조제프 반 담?」

「맞아요! ……하지만 장부를 아무리 뒤져도 찾는 게 없는가 보던데…….」

「내게도 보여 주시겠소?」

녹색 표지의 문서철에 일일 보고서가 철해져 있었고, 일련번호가 매겨져 있었다. 2월 15일 날짜에는 다섯 개의 조서가 있었는데, 두 건은 음주 및 야간 소란, 한 건은 상점 절도, 한 건은 폭행, 나머지 한 건은 가택 침입 및 토끼 도난 사건이었다.

매그레는 그것들을 읽지도 않았다. 서류 맨 위에 적혀 있는 일련번호만 들여다보았다.

「반 담은 이 장부를 직접 열람했소?」 그는 물었다.

「그랬지요⋯⋯. 옆방에서⋯⋯.」

「고맙소!」

다섯 개의 조서에 매겨진 일련번호는 237, 238, 239, 241, 242였다.

신문철에서 하루치가 뜯겨 나가고 없듯이, 조서도 하나가 빠져 있는 것이었다. 240번 조서가.

매그레는 잠시 후 시청 뒤편에 위치한 광장에 나와 있었다. 결혼식에 오는 자동차들이 연이어 도착하고 있었다. 그는 자기도 모르게 아주 작은 소리에도 예민해져 있었다. 일말의 초조감이 썩 유쾌하지 않았다.

8

꼬마 클랭

겨우 시간을 맞추었다! 9시 정각이었다. 시청 직원들이 속속 도착하고 있었다. 안뜰을 지나 멋진 돌계단에서 잠시 걸음을 멈추고 악수를 하기도 한다. 계단 위쪽에서는 금술이 달린 제모를 쓰고 수염을 잘 다듬은 수위가 파이프 담배를 피우고 있었다.

해포석(海泡石) 파이프로군. 왠지 그렇게 사소한 것까지 눈에 들어왔다. 아침 햇살을 받은 파이프가 반들거렸기 때문인지, 아니면 이미 담뱃진이 배어 길이 들어 있었기 때문인지 모르지만, 한순간 반장은 그렇듯 맛있게 뻐끔거리며 담배를 피우고 있는 사내가 부러웠다. 그는 마치 삶의 기쁨과 평화를 나타내는 상징처럼 보였다.

그날 아침 공기에는 활기가 넘쳤고, 해가 점점 높아질수록 한층 더 활기가 더해졌다. 귀 따가우면서도 맛깔스러운 소리, 왈론 사투리로 고함치는 소리, 노랗고 빨간 전차들이 지나가며 땡땡거리는 소리, 이웃한 시장의 소음을 지워 버리려는 듯 요란한, 페롱 리에주아[14] 아래 네 줄기 분수의 물소리…….

그 때, 양 갈래로 나 있는 계단의 한쪽으로 조제프 반 담이 올라가는 것이 보이더니, 대합실 안으로 사라졌다.

반장은 재빨리 그 뒤를 쫓았다. 건물 안에도 계단은 줄곧 양 갈래로 나뉘어 올라가면서 각 층에서 만나게 되어 있었다. 층계참에서 두 사람은 딱 마주쳤다. 두 사람 다 계단을 뛰어오르느라 숨이 찼지만 은줄을 찬 수위 앞에서 태연하게 보이려 애쓰고 있었다.

긴박한 순간이었다. 분초 사이의 정확한 판단이 필요했다.

계단을 뛰어오르는 그 잠깐 동안, 매그레는 생각했다. 반 담이 온 것은 신문사나 경찰 본부에 갔던 것과 마찬가지로 무엇인가를 없애기 위해서였다. 2월 15일 자 경찰 조서도 이미 찢어진 터였다. 하지만, 대개의 도시들에서 관례이듯이, 경찰은 매일 아침 시장에게 일일 보고서의 사본을 제출하지 않았겠는가?

「서기장을 뵈러 왔습니다. 급한 일입니다…….」 매그레

---

14 리에주의 주권을 상징하는 기념물. 시청 맞은편 시장의 광장에 있다. 3단의 석단과 그 위에 놓인 원주로 이루어져 있으며, 페롱 리에주아를 떠받친 석조물 아래 분수가 있다.

는 반 담과 2미터도 떨어져 있지 않았다.

그들의 시선이 마주쳤다. 두 사람 다 머뭇거리며 인사를 하지 않았고, 브레멘의 사업가는 수위가 자기 쪽을 보자 대답을 얼버무렸다.

「별일 아닙니다……. 다시 오지요…….」

그는 가버렸다. 대합실을 가로지르는 그의 발소리가 멀어져 갔다. 잠시 후 매그레는 호화로운 집무실로 안내되었다. 모닝코트를 입고 셔츠 칼라를 빳빳하게 세운 서기장이 10년 전의 일일 보고서를 부산스레 찾기 시작했다.

방 안의 공기는 미지근하고 카펫은 푹신했다. 한 줄기 햇빛이 한쪽 벽 전체를 채우고 있는 역사화에 그려진 주교의 지팡이 머리를 비추고 있었다.

반 시간쯤 예의상의 말을 주고받아 가며 서류를 뒤진 끝에, 매그레는 예의 토끼 도난 사건, 음주 단속 건, 상점 절도 건 등에 관한 보고를 찾아냈다. 그런 잡보들 사이에 다음과 같은 기록이 끼여 있었다.

제6구역[15] 라가스 순경이 오전 6시 임무 교대를 위해 아르슈 다리로 가던 중, 생폴리앵 성당 문 앞을 지나다가 문의 노커에 목을 맨 사람을 발견했음.

15 리에주 시는 10여 개의 경찰 구역으로 나뉘어 있었다.

급히 호출된 의사가 절명을 확인, 사망자는 에밀 클랭이라는 자로 판명됨. 앙글뢰르[16] 출신, 20세, 건축 도장공, 포토누아르 가 거주.

한밤중에 블라인드 끈을 이용해 목을 맨 것으로 추정되며, 주머니에는 잡동사니와 잔돈 약간밖에 들어 있지 않았음.

조사 결과, 석 달 전부터 사실상 실직 상태였으며, 자살 원인은 생활고로 사료됨.

모친인 과부 클랭 부인은 앙글뢰르에서 연금으로 근근이 살아가고 있음. 모친에게 통보함.

그 후 몇 시간은 흥분 속에 지나갔다. 매그레는 이 새로운 단서를 전력으로 파고들었다. 하지만 자신도 미처 의식하지 못한 채, 그는 이 클랭이라는 인물 자체에 대한 정보보다는 반 담과의 만남에 더 신경을 쓰고 있었다.

왜냐하면 그 사업가와 정면으로 맞닥뜨려야만 사태의 진상에 도달할 수 있을 것이기 때문이었다. 이 모든 일은 브레멘에서 시작되지 않았던가? 그 후로도 뭔가 짚일 듯하여 점찍은 장소에서는 번번이 반 담과 마주치지 않았던가?

반 담은 시청에서 반장을 보았으니, 반장이 보고서를 읽은 것도, 클랭의 뒤를 캐기 시작한 것도 알고 있을 터였다.

16 리에주 남쪽 구역.

앙글뢰르에서는 허탕을 쳤다. 반장이 탄 택시는 어느 공장 지대를 뚫고 들어갔다. 노동자들이 사는 하나같이 똑같은 작은 집들, 똑같이 거무튀튀하게 때가 앉은 집들이 공장 굴뚝들 아래 초라한 골목들을 이루고 있었다.

그중 어느 한 집, 한때 클랭 부인이 살았다는 집의 문간에서 한 여자가 청소를 하고 있었다.

「돌아가신 지 적어도 5년은 되었는데요……」

반 담의 그림자는 비치지 않았다.

「아들이 함께 살지 않았습니까?」

「아니요! 그 애는 잘못됐어요……. 자살을 했다나 봐요, 성당 문간에서……」

그게 다였다. 매그레가 알아낸 것은 클랭의 아버지가 탄광의 십장이었다는 것, 그가 죽은 후 부인은 변변찮은 연금으로 살았으며, 셋집을 다시 세놓고 자기는 다락방에서 기거했다는 것 정도였다.

「제6경찰 구역으로 갑시다.」 그는 운전사에게 말했다.

라가스 순경은 아직 살아 있었다. 그러나 그는 잘 기억하지 못했다.

「밤새도록 비가 왔어요……. 그는 흠뻑 젖어 있었고, 붉은 머리칼이 얼굴에 들러붙어 있었지요……」

「키가 컸소? 작았소?」

「작은 편이었어요……」

그런 다음 반장은 헌병대로 가서, 가죽 냄새와 말의 땀 냄새가 나는 사무실들에서 한 시간 가까이 보냈다.

「그가 당시 스무 살이었다면, 분명 징병 검사를 받았을 겁니다……. 이름이 클랭? K로 시작하는 클랭인가요……?」

직원은 〈불합격자〉 파일의 13쪽을 찾아냈다. 매그레는 신체검사 수치를 옮겨 적었다. 신장 155cm, 가슴둘레 80cm……. 특기 사항 〈폐가 약함〉.

그러나 반 담은 여전히 나타나지 않았다. 다른 곳을 찾아보아야 할 듯했다. 오전 내내 바삐 돌아다닌 유일한 성과는 생폴리앵 성당에서 목매 죽은 자가 평균 이하의 왜소한 체구였고, 따라서 양복 B는 그의 것이 아니었다는 확신뿐이었다.

클랭은 자살했다. 몸싸움도 없었고 따라서 피 흘릴 일도 없었다.

그렇다면 이 일은 브레멘의 부랑자가 지니고 있던 가방과, 그리고 르코크 다른비유, 일명 루이 죄네의 자살과 어떻게 연관되는 것인가?

「여기 내려 주시오……. 그리고 포토누아르 가가 어딘지 알려 주시오…….」

「성당 뒤쪽입니다. 생트바르브 강변도로로 나가는 길이오…….」

택시가 생폴리앙 성당 맞은편에 도착하자 매그레는 요금을 치렀다. 그리고 넓은 지대(址臺) 한복판에 솟아 있는 새 성당을 바라보았다.

오른쪽과 왼쪽에는 큰길이 나 있고, 그 길가의 건물들은 성당과 거의 비슷한 시기에 지어진 것이었다. 그러나 성당 뒤쪽에는 오래된 동네가 그대로 남아 있었고, 그 일부만이 성당 터로 쓰이기 위해 철거된 상태였다.

한 문방구의 진열창에서 매그레는 옛날 성당의 모습을 담은 그림엽서들을 발견했다. 옛 성당은 새 성당보다 좀 더 나지막하고 작달막하며 꺼멓게 보였다. 한쪽 측랑은 목재로 떠받쳐져 있었고, 성당의 정면을 제외한 나머지 세 벽에는 납작한 누옥들이 등을 대고 있어 전체적으로 중세풍이었다.

그 옛날의 빈민가에서 남은 것은 여기저기 좁다란 골목과 막다른 골목들이 뚫려 있는 개미굴 같은 한 구역뿐이었다. 동네에 들어서자 퀴퀴한 가난의 냄새가 코를 찔렀다.

포토누아르 가는 폭이 채 2미터도 되지 않았는데, 그 한복판에는 비눗기 섞인 구정물이 도랑을 이루었고, 집집마다 문간에서 놀고 있는 아이들의 등 뒤로 구저분한 인생살이가 들어차 있었다.

골목 안은 응달이었다. 해가 하늘에 떠 있지만, 이 골목

쟁이까지는 빛이 들지 않는 것이다. 통장이 하나가 길바닥에 화롯불을 피워 놓고 통에 테를 두르고 있었다.

집들의 번지수가 지워져서 잘 보이지 않았다. 물어보는 수밖에 없었다. 반장이 7번지를 묻자, 사람들은 톱질 소리며 대패질 소리가 들려오는 막다른 골목을 가리켜 보였다.

골목 끝에 목공소가 있었다. 목수의 작업대가 몇 개 보이고, 세 사람이 사방에 문을 열어 놓은 채 일하고 있었다. 난로 위에서 아교 녹이는 냄새가 났다.

그중 한 사람이 고개를 들더니 불 꺼진 담배꽁초를 내려놓으며, 방문객이 입을 열기를 기다렸다.

「클랭이라는 사람이 여기 살았던 것 맞습니까?」

목수는 뭔가 알고 있다는 듯한 태도로 동료들과 시선을 교환하더니, 문과 그 안으로 보이는 어두컴컴한 계단을 가리키며 대꾸했다.

「저 위로 가보슈! 누가 벌써 와 있던데……!」

「새로운 세입자 말이오?」

대답 대신 묘한 미소가 돌아올 따름이었다. 반장은 나중에야 그 뜻을 이해했다.

「가보시구려……. 2층이오……. 문이라곤 하나뿐이니 그냥 올라가면 돼요.」

일꾼 하나가 대패질을 하면서 낮은 소리로 웃었다. 매

그레는 계단으로 들어섰다. 깜깜절벽인 데다, 몇 계단 올라가니 난간도 끊어지고 없었다.

성냥불을 긋고 머리 위쪽을 쳐다보았다. 빗장도 손잡이도 없는 문이 하나 있었다. 못을 박고 끈을 매어 걸쇠를 대신하게 해놓았는데, 못이 녹슬어 있었다.

한 손은 권총이 든 호주머니에 넣은 채, 그는 무릎으로 문을 밀어 열었다. 순간 유리창으로 들어오는 햇빛에 눈이 부셨다. 창유리의 3분의 1은 깨지고 없었다.

눈앞의 광경이 하도 뜻밖이라 매그레는 잠시 두리번거리며 갈피를 잡을 수가 없었다. 마침내 한구석에서 사람의 모습이 눈에 들어왔다. 사나운 눈길로 그를 노려보고 있는 자는 다름 아닌 조제프 반 담이었다.

「결국 여기서 만나게 되는구려……」 반장은 말했다.

너무나 삭막하고 너무나 텅 빈 공간에서, 그의 목소리는 전혀 생소하게 울렸다.

반 담은 대답하지 않았다. 꼼짝 않고 그를 노려볼 따름이었다.

그 장소가 대체 어떻게 생겼는지 이해하려면, 그 벽들이 전에 대체 어떤 건물의, 이를테면 수도원이나 병영, 또는 저택의 일부였는지 알아야 할 것이다.

반듯한 데라고는 없었다. 바닥의 절반은 마루이고, 다

른 절반은 오래된 예배당 바닥처럼 우툴두툴하게 포석이 깔려 있었다.

벽은 하얗게 회칠을 했는데, 예전에는 창문이었던 곳을 막아 갈색 벽돌을 쌓은 직사각형 부분만이 예외였다. 유리창 밖으로는 박공과 빗물받이 홈통이 보이고, 뫼즈 강 쪽으로는 들쭉날쭉한 지붕들이 배경을 이루고 있었다.

그러나 정작 놀랄 일은 따로 있었다. 가장 기막힌 것은 그 방 안의 형편이었다. 정신 병원 같기도 하고 한바탕 난리굿을 벌인 것 같기도 한 꼬락서니였다.

바닥에는 칠하지 않은 의자들이 무질서하게 놓여 있는가 하면, 판자를 덧대 수리한 문짝이 길게 뉘어 있기도 하고, 아교가 든 단지, 부러진 톱, 지푸라기나 대팻밥이 비어져 나온 궤짝 따위가 뒤죽박죽 널려 있었다.

그런가 하면, 한쪽 구석에는 일종의 장의자 내지는 스프링이 든 매트리스가 옥양목 쪼가리로 대충 덮인 채 놓여 있고, 그 바로 위쪽에는 괴상한 모양의 등잔이 매달려 있었다. 색색의 유리를 끼운, 고물상에서 가끔 눈에 띄는 것 같은 물건이었다.

장의자 위에는 의과 대학생들이 사용하는 해골 표본의 불완전한 잔재가 아무렇게나 던져져 있었다. 늑골과 골반은 아직도 고리로 연결된 채 앞으로 굽어진 것이 마치 봉제 인형과도 같은 자세였다.

벽들도 볼만했다! 회칠한 벽들이 스케치로, 또는 프레스코식의 채색화로 뒤덮여 있었다!

그림들 또한 괴상하게 뒤얽혀 있었으니, 잔뜩 일그러진 얼굴들 사이에 〈세상의 원조 사탄 만세!〉 따위의 낙서들이 눈에 띄었다.

바닥에는 책등이 뜯어진 성경 책이 한 권 널브러져 있었다! 또 다른 곳에는 구겨진 스케치들, 누렇게 퇴색한 종이들 위에 먼지가 켜를 이루고 있었다.

문 위에도 낙서가 있었다. 〈오라! 저주받은 자들이여!〉

이런 난장판 가운데, 칠하지 않은 의자들과 아교 단지, 전나무 송판 따위가 목공소 냄새를 풍기고, 난로 하나가 뒤집힌 채 빨갛게 녹슬어 있었다!

그리고 끝으로 조제프 반 담이 있었다! 잘 재단한 외투를 입고 나무랄 데 없는 구두를 신은 말끔한 얼굴의 반 담, 브레멘의 대형 주점들에 드나들고 현대식 건물에 사무실이 있으며 고급스러운 식사에 오래된 아르마냐크 술잔을 기울이는 반 담…….

자가용을 몰고 유지들과 인사를 나누며, 저기 모피 외투를 걸친 이는 백만장자지요, 저기 저 사람은 바다에 화물선이 서른 척이나 떠 있는 거부지요, 하고 떠드는 반 담……. 가벼운 음악과 술잔과 접시들이 부딪치는 소리 가운데 그런 거물들에게 다가가 악수를 청하며 자신도 곧 그들과 어깨를 겨누게 되려니 하는 반 담…….

그러나 이제 그는 쫓기는 짐승과도 같은 태도로 꼼짝 않고 벽에 기대어 있다. 벽의 횟가루가 떨어져 어깨에 하얗게 내려앉았다. 한 손은 외투 주머니에 넣은 채 시선은 여전히 매그레에게 꽂혀 있다.

「얼마요……?」

그가 정말로 입을 열었던 것일까? 아니면 그 비현실적인 분위기 때문에 반장이 환청이라도 들은 것일까?

그는 움찔하며, 밑 빠진 의자 하나를 넘어뜨렸다. 요란한 소리가 났다.

반 담은 얼굴이 붉게 상기되어 있었다. 하지만 건강한 혈색은 아니었다. 그의 잔뜩 긴장한 얼굴에는 당혹과 절망이, 그러면서도 분노와 삶에 대한 의지가, 어떻게든 이겨 내겠다는 의지가 서려 있었다. 그의 눈길에서는 마지막 저항을 위해 쥐어짠 힘이 느껴졌다.

「그게 무슨 말이오?」

매그레는 유리창 아래 한구석에 쓸어 놓은 구겨진 스케치 더미로 다가갔다. 대답이 나오기에 앞서 그는 누드 습작 몇 점을 펼쳐 보았다. 상스러운 용모에 머리를 풀어 헤친 젊은 여자로, 몸매는 튼튼하게 잘 발달되어, 부푼 가슴에 엉덩이도 팡파짐하다.

「아직 시간은 있어요. 5만이면 됩니까? ……10만?」 반 담이 말했다.

　반장은 호기심 어린 눈으로 그를 바라보았고, 상대는 불안을 감추지 못한 채 소리를 내질렀다.

　「20만 드리지요!」

　누옥의 울퉁불퉁한 벽들 사이에서 두려움이 고동쳤다. 그 두려움에는 무엇인가 신랄하고 병적인, 음산한 데가 있었다.

　아니, 어쩌면 그것은 두려움 아닌 다른 무엇인지도 몰랐다. 억압된 유혹, 살인에의 충동……

　그러나 매그레는 계속해서 낡은 종이들을 뒤적였고, 앞서와 같은 풍만한 여자가 여러 가지 다른 자세를 취한 그림들을 발견했다. 여자는 포즈를 취하면서 시종 뿌루퉁한 표정으로 앞만 보고 있었던 듯했다.

　한번은 화가가 그녀에게 장의자 위의 그 옥양목 천을 걸쳐 두르려 했던 것 같고……. 또 어떤 때는 검은 긴 양말을 신은 모습을 그리기도 했다.

　그녀의 뒤편에는 해골바가지가 보이는데, 그것은 이제 매트리스 발치에 나뒹굴고 있었다. 매그레는 제프 롱바르의 자화상에서도 그 해골을 본 기억이 났다.

　사람들 사이, 사건들 사이에, 시간과 공간을 가로질러, 아직 희미하지만 한 가닥 연관성이 차츰 윤곽을 드러내기 시작했다. 반장은 다소 흥분된 동작으로 새로운 그림을 펼쳐 보았다. 젊은 남자를 그린 목탄화였다. 머리를 길게 기르고, 셔츠 깃 사이로 가슴을 드러냈으며, 턱에는 수염이 나기 시작한 모습이었다.

그 역시 낭만적인 포즈를 취하고 있었다. 얼굴을 비스듬한 각도로 돌리고, 마치 태양을 쏘아보는 독수리와도 같이 미래를 응시하는 자세였다.

그것은 다름 아닌 장 르코크 다른비유, 브레멘의 누추한 호텔에서 자살한 그 사람, 사 들고 간 소시지 빵도 먹지 못한 부랑자였다.

「20만 프랑을 드리겠습니다……!」

뒤이어 덧붙이는 말에서는 그 와중에도 통화 시세의 변화까지 생각하는 사업가의 본색이 드러났다.

「……프랑스 프랑으로 말입니다! 이보세요, 반장님……」

애원이 위협으로 바뀌는 것이 느껴졌다. 그의 음성에 고동치는 두려움은 이제 금방이라도 분노의 헐떡임으로 바뀔 것만 같았다.

「아직 시간이 있단 말입니다……. 아직 공식 수사에 들어간 것은 아니잖습니까……. 여긴 벨기에라고요…….」

등잔에는 양초 토막이 하나 남아 있었다. 반장은 바닥에 수북이 쌓인 종이 더미 밑에서 오래된 석유난로를 찾아냈다.

「공식 수사는 아닌 걸로 아는데요……. 그리고…… 제

게 한 달만 말미를 주십시오…….」

「그러니까 그 일은 12월에 일어났구려…….」

그의 상대는 한층 더 벽에 들러붙는 듯한 동작을 취하
며 말을 더듬었다.

「무슨 말씀이십니까…….?」

「지금은 12월이잖소……. 2월이 되면, 클랭이 목을 매
단 지 10년이 되오……. 그런데 당신은 단 한 달만 달라
니 말이오.」

「무슨 말씀인지 모르겠는데요…….」

「모르긴 뭘 몰라!」

매그레가 오른손은 여전히 외투 주머니에 찔러 넣은
채 왼손으로 부스럭거리며 묵은 종이들을 뒤적이는 모습
은 보는 사람을 불안하게 했다.

「당신이 너무나 잘 아는 일 아니오, 반 담! 클랭의 죽음
이 문제라면, 가령 그가 살해당한 것이라면, 공소 시효는
10년 후인 오는 2월에야 만료되겠지……. 그런데 당신은
한 달만 여유를 달라니, 그렇다면 문제는 12월에 일어난
일인 거요…….」

「아무것도 못 찾아낼걸요…….」

목소리가 마치 고장 난 축음기처럼 떨렸다.

「그렇다면 왜 두려워하는 거요?」

그러면서 그는 침대의 스프링 매트리스를 들춰 보았

다. 그 밑에는 먼지, 그리고 시퍼렇게 곰팡이가 슬어 무엇인지 알아보기 힘든 빵 조각 하나밖에 없었다.

「20만 프랑이라고요……. 그렇게 타협하고 나중에…….」

「당신 나한테 귀싸대기라도 맞고 싶어?」

너무나 뜻밖에, 너무나 거친 말이 나오자 반 담은 한순간 자제력을 잃어버리고 엉겁결에 자신을 보호할 양으로 주머니 속에 꼭 쥐고 있던 권총을 꺼내 들었다.

하지만 다음 순간 그런 자신을 발견하고는, 아찔한 나머지 감히 방아쇠를 당기지 못했다.

「그거 내려놔!」

손가락이 풀어졌다. 권총은 바닥에, 대팻밥 무더기 가까이에 떨어졌다.

매그레는 적에게 등을 돌리고서, 잡다한 물건들의 아수라장 가운데 다시 뒤지기를 계속했다. 그는 역시 곰팡이가 피어 얼룩이 진, 누르스름한 양말 한 짝을 집어 들었다.

「말해 봐요, 반 담…….」

그는 침묵 가운데 뭔가 심상치 않은 것을 느끼고 뒤를 돌아보았다. 사내의 얼굴을 가린 손가락 사이로 눈물이 흘러내리고 있었다.

「우는 거요……?」

「내가……?」

이 〈내가〉라는 말에는 분노와 냉소와 절망이 담겨 있

었다.

「군 복무는 어디서 했소?」

상대는 매그레의 의중을 이해하지 못한 채, 지푸라기라도 잡을 태세였다.

「E. S. L. R.에 있었지요…… 비벌루에 있는 예비 사관 학교 말입니다……」

「보병?」

「기병이었어요……」

「다시 말해 당신은 당시 키가 165 내지 170 정도 되었다는 말이구려. 그리고 당시에는 체중이 70킬로그램씩 나가지도 않았을 테고……. 아마 그 후에 살이 쪘겠지……」

매그레는 자기가 넘어뜨린 의자를 밀치고 종이 한 장을 주워 들었다. 그것은 편지의 일부로, 단 한 줄밖에 씌어 있지 않았다.

「친애하는 벗에게……」

그러는 동안 내내 그는 반 담에게서 눈을 떼지 않았다. 영문을 몰라 어리둥절했던 반 담은 문득 반장의 말뜻을 깨닫고는 당황하여 얼굴을 일그러뜨리며 외쳤다.

「내가 아니었어요! ……맹세코 난 그 옷을 걸쳐 본 적도 없어요!」

발끝으로, 매그레는 상대가 내려놓은 권총을 방의 반대편으로 차 보냈다.

왜 하필 그 순간 또다시 아이들의 머릿수를 세어 보게 되었던 것일까? 벨루아르 집에 하나! 오르샤토에 셋(그 중 막내는 아직 눈도 뜨지 못한 갓난아기이다)! 그리고 가짜 루이 죄네의 아들이 하나!

바닥에는 등허리를 활처럼 젖힌 미녀의 나체를 그린, 서명 없는 자줏빛 연필화가 한 장 널브러져 있었다.

계단에서 주저하는 듯한 발소리가 들려왔다. 누군가의 손이 걸쇠 대신의 노끈을 찾는 듯 문을 더듬었다.

9
묵시록의 동지들

뒤이은 장면들에서는 모든 것이 중요했다. 모든 말이, 침묵이, 눈길이, 그리고 자기도 모르게 일어나는 근육의 떨림까지도. 모든 것이 의미심장했고, 사람들의 등 뒤에서는 무엇인가 섬뜩한 것이, 눈에 보이지 않는 공포의 그림자가 어른거렸다.

문이 열리고, 모리스 벨루아르가 나타났다. 그의 눈길은 한쪽 구석 벽에 바짝 붙어 있는 반 담을, 이어 바닥에 떨어져 있는 권총을 향했다.

이해하고도 남을 상황이었다. 매그레가 잇새에 파이프를 문 채 침착한 태도로 오래된 스케치들을 뒤지고 있는 모습을 보면 더욱 그러했다.

「롱바르도 곧…….」 벨루아르는 내뱉었다. 반장에게 하는 말인지 친구에게 하는 말인지 분명치 않았다. 「난 택시로 왔고…….」

그 몇 마디만으로도 매그레는 부은행장이 게임을 포기한 것을 알아차렸다. 아주 미세한 변화였지만, 얼굴은 전보다 덜 긴장되어 있었고, 목소리에는 지치고 겸연쩍어하는 듯한 억양이 들어 있었다.

세 사람은 서로를 바라보았다. 조제프 반 담이 먼저 입을 열었다.

「그는 어떻게……?」

「미친 사람 같아……. 진정시키려 해봤지만……. 날 뿌리치고 달아나더군. 손짓 발짓 혼잣말을 해가면서 가버렸어…….」

「총을 갖고?」 매그레가 물었다.

「총을 갖고…….」

모리스 벨루아르는 너무나 동요한 나머지 아무리 해도 자제가 안 되는 사람들이 보이는 고통스러운 얼굴로, 귀를 기울였다.

「둘 다 오르샤토 가에 있었소? 나와 이 사람의 담판이 어떻게 될지 기다리면서……?」

매그레는 손가락으로 반 담을 가리켰고, 벨루아르는 고개를 끄덕였다.

「그리고 셋이 함께 의논해서 그 제안을……?」

말을 마칠 필요도 없었다. 무슨 말을 하는지 이미 아는 것이었다. 간간이 찾아드는 침묵마저도 이해하는 듯, 서로 생각하는 소리까지 들리는 것만 같았다.

갑자기 계단에서 퉁탕거리는 발소리가 났다. 누군가가 발이 걸려 엎어지면서 울화통을 터뜨렸다. 다음 순간 문은 발길에 차여 활짝 열렸고, 문지방에 제프 롱바르의 모습이 나타났다. 그는 한순간 꼼짝 않고 선 채, 무시무시하게 집요한 눈길로 세 사람을 번갈아 바라보았다.

그는 떨고 있었다. 열병, 아니면 모종의 광기에 사로잡힌 듯했다.

그의 눈앞에서는 모든 것이 춤을 출 것이었다. 그를 피해 멀찍이 서 있는 벨루아르의 모습, 반 담의 상기된 얼굴, 그리고 육중한 체구의 매그레…… 반장은 숨을 죽인 채 꼼짝도 하지 않았다.

게다가 아수라장을 이룬 잡동사니들, 여기저기 널린 그림들, 유방과 턱만 보이는 벌거벗은 여자의 그림, 스프링이 꺼진 장의자와 그 위에 매달린 등잔…….

눈앞의 장면을 이해하는 데는 1초도 걸리지 않았을 것이다. 제프는 길게 늘어뜨린 팔 끝에 권총을 들고 있었다.

매그레는 침착하게 그를 지켜보고 있었으나, 그래도 제프 롱바르가 무기를 땅바닥에 던져 버리자 안도의 한숨을 내쉬었다. 제프는 두 손으로 머리를 감싸 안은 채 목쉰 울음을 터뜨렸다.

「난 못해! 못하겠어! ……알아들어? 못하겠단 말이야,
제기랄……!」

그러더니 그는 두 팔로 벽을 짚었다. 그의 어깨가 들썩
이더니 훌쩍이는 소리가 들렸다.

반장은 가서 문을 닫았다. 톱질 소리, 대패질 소리와
멀리서 아이들이 떠드는 소리가 거기까지 올라왔기 때문
이다.

제프 롱바르는 손수건으로 얼굴을 닦고는, 머리칼을
뒤로 쓸어 넘기고 공허한 눈으로 주위를 둘러보았다. 신
경성 발작이 지나간 다음에 찾아오기 마련인 멍한 눈빛
이었다.

그는 완전히 진정된 것이 아니었다. 손을 비틀어 짜
는가 하면 콧구멍도 여전히 벌렁거렸다. 마침내 말을 하
려다가, 또다시 흐느낌이 북받치는 바람에 입술을 깨물
었다.

「……결국 이렇게 될 것을!」 냉소 때문에 건조하고 신
랄하게 들리는 음성으로 롱바르가 내뱉었다.

그는 웃으려 했다. 절망적인 웃음이었다.

「9년이야! ……거의 10년이지! ……난 혼자였어, 돈 한
푼 없고 일자리도 없이……」

그는 혼잣말을 하듯 뇌까렸다. 자신이 누드 습작을 뚫

159

어져라 내려다보고 있다는 것도 의식하지 못하는 듯했다.

「10년 동안 날마다 죽어라 일하고, 온갖 실패와 별의
별 고생을 다했는데……! 하지만 그래도 결혼은 했지. 애
들을 갖고 싶었으니까……. 그래도 처자식은 남부럽지
않게 살게 해주려고 악착같이 일했는데……. 집이며 공
방이며……. 다들 봤을 거야……. 하지만 그 모든 걸 이
루느라 얼마나 고생했는지는 몰랐겠지. 속이 얼마나 문
드러졌는지! ……빚 때문에 처음 한동안은 잠도 못 잤
어…….」

그는 침을 삼키고 손을 이마로 가져갔다. 목울대가 오
르락내리락했다.

「그리고 이제, 딸도 하나 낳았지……. 하지만 걔를 제
대로 보기나 했는지! ……마누라는 아직 누워 있는 터라
대체 무슨 영문인지도 모르고 내 눈치만 살피지. 사람이
너무 달라져서 겁이 나는 모양이야……. 일꾼들이 일 얘
기를 물어도 건성으로 대답해 버리니…….

끝장이야! 겨우 며칠 사이에 모든 게 달라져 버렸어!
온통 뒤집히고 부서지고 박살이 났지! 모든 것이! 10년
동안 애쓴 것이!

그 한 가지 때문에…….」

그는 주먹을 불끈 쥐고는 바닥에 나뒹구는 총을 내려
다보더니, 매그레 쪽을 바라보았다. 기진맥진한 기색이

었다.

「자, 이제 결판을 내자구!」 그는 한숨을 내쉬며 지친 몸짓을 해 보였다. 「누가 좀 설명을 하지? ……다 너무나 어리석은 일이야!」

그는 저 해골을 향해, 해묵은 스케치 더미를 향해, 벽마다 잡다하게 나붙어 있는 그림들을 향해 말하는 듯했다.

「어리석기 짝이 없는 일이야……!」 그는 되뇌었다.

그는 또다시 울 것만 같았다. 하지만 아니었다. 그는 기운이 하나도 없었다. 발작은 지나갔다. 그는 장의자 가장자리에 걸터앉아 앙상한 무릎에 팔꿈치를 괴고 손으로 턱을 받친 채 기다렸다.

우두커니 앉아서, 손톱 끝으로 바짓단에 묻은 진흙 얼룩을 긁어낼 따름이었다.

「실례합니다……!」

명랑한 음성이었다. 톱밥을 뒤집어쓴 목수가 들어와 벽을 뒤덮은 그림들을 보고는 웃음을 터뜨렸다.

「그러니까 저것들을 보러 다시 오셨구먼요……?」

아무도 꼼짝하지 않았다. 벨루아르만이 짐짓 자연스럽게 보이려 애쓰고 있었다.

「마지막 달 방세 20프랑을 아직 안 내신 건 알고 계신지? ……아, 뭐 그걸 받으러 온 건 아니고……. 그저 우스

워서 그래요. 이 허섭스레기를 남겨 두고 가면서 호언장
담하던 게 생각나서…….

〈언젠가는 이 스케치 한 장만 해도 이런 오막살이 값
보다 더 나갈 것〉이라고들 하지 않았소.

그 말을 믿은 건 아니지만……. 그래도 벽을 새로 칠
해 버리기는 좀 그렇더구먼. 한번은 액자를 만들고 그림
을 사고팔기도 하는 사람을 데려왔었는데, 두어 점 가
져가면서 1백 수를 줍다……. 요즘도 그림을 그리시
나……?」

마침내 그는 공기가 심상치 않은 것을 눈치챘다. 조제
프 반 담은 고집스럽게 바닥만 내려다보고 있었고, 벨루
아르는 초조한 듯 연방 손마디를 꺾어 소리를 냈다.

「오르샤토에 공방을 차린 건 당신이지요?」 목수는 제
프에게 물었다. 「내 조카가 당신 집에서 일하지요. 금발
머리에 키 큰 녀석…….」

「글쎄요…….」 롱바르는 한숨지으며 고개를 돌렸다.

「당신은 못 보던 얼굴인데……. 당신도 한패였던
가……?」

집주인은 매그레를 향해 말을 걸었다.

「아니요.」

「참 별난 친구들이었지! 마누라는 세놓는 걸 꺼렸고,
나중에는 방세도 제대로 내지 않으니 내보내자고도 졸랐

지만…… 난 재미있었거든. 누가 제일 큰 모자를 쓰나, 누가 세상에서 가장 긴 파이프를 피우나, 그런 내기를 하기도 하고……. 밤새도록 합창을 하고 술을 퍼마시고! …… 가끔은 예쁜 아가씨들도 데려왔지. 그런데 롱바르 씨, 저기 저 그림 속의 여자는 어찌 됐는지 혹시 아시오……?

그 여자는 그랑 바자르 백화점 경비원과 결혼해서 여기서 2백 미터 떨어진 곳에 산다오. 아들이 하나 있는데, 내 아들과 같은 학교에 다녀요…….」

롱바르는 자리에서 일어나 유리문 쪽으로 걸어갔다가 되돌아왔다. 그 모습이 영 불안해 보였던지, 사내는 그만 물러갈 태세를 취했다.

「방해가 되었구먼요……. 그만 내려가 보겠소. 만일 뭔가 관심 가는 게 있다면 얼마든지……. 그 20프랑 때문에 이것들을 붙들어 놓을 생각은 꿈에도 해본 적이 없다오. 난 식당에 걸 풍경화 하나밖에 가져가지 않았어요…….」

층계참에서 그는 또 새로운 이야기를 꺼내려는 듯했다. 하지만 아래서 그를 부르는 소리가 들렸다.

「찾아온 사람이 있습니다, 사장님!」

「그럼 또 봅시다요……. 만나서 반가웠습니다…….」

목소리가 멀어지는 것이, 문이 닫힌 모양이었다. 그가 떠드는 동안 매그레는 파이프에 담뱃불을 붙인 터였다.

목수의 수다는 어떻든 분위기를 부드럽게 만들기는 했다. 반장이 벽에 그려진 것들 중에서 가장 난해한 그림을 둘러싸고 있는 문장을 가리키며 입을 열자, 모리스 벨루아르는 거의 아무렇지도 않은 음성으로 대답했다.

새겨진 말은 〈묵시록의 동지들〉이라고 했다.

「그게 당신들 패거리의 이름이었소……?」

「그래요……. 설명해 드리지요. 하지만 시간이 너무 늦지 않았나요? 마누라와 애들은…… 뭐, 할 수 없지요…….」

그러자 제프 롱바르가 끼어들었다.

「내가 말할게……. 내가 하고 싶어…….」

그러더니 그는 방 안을 이리저리 걷기 시작했다. 이따금씩 자기 이야기를 뒷받침하려는 듯, 특정한 물건들을 주시하곤 했다.

「10년하고 조금 더 전이었습니다. 저는 미술 학교에 다니고 있었습니다. 화가랍시고 챙이 넓은 모자를 쓰고 리본처럼 너풀대는 넥타이를 매고 다녔지요……. 저 같은 친구가 두 명 더 있었습니다. 조각을 하는 가스통 자냉과 꼬마 클랭……. 우리는 시내 한복판 〈카레〉를 거닐며 으스대곤 했어요……. 누가 뭐래도 우리는 예술가였으니까요. 저마다 적어도 렘브란트 같은 화가는 될 줄 알았던 겁니다…….

사태의 발단은 아주 어리석은 것이었습니다……. 우리

는 책을 많이 읽었고, 특히 낭만주의 시대의 작가들에 심취했지요. 일주일 꼬박 한 작가에만 빠져 있곤 했어요. 그러다 싫증이 나면 또 다른 작가에 빠져들었고…….

꼬마 클랭은 어머니가 앙글뢰르에 사셨기 때문에 여기 화실을 빌렸고, 얼마 안 가 우리는 여기서 모이게 되었습니다. 이 낡은 중세풍의 분위기가, 특히 겨울 저녁이면 아주 인상적이었습니다……. 우리는 옛날 노래들을 부르고, 프랑수아 비용을 읊곤 했지요…….

묵시록은 누가 발견했는지 기억이 안 납니다. 하여간 우리에게 그걸 죄다 읽어 주며 들으라고 강요했지요…….

어느 날 저녁, 대학생 몇 명을 알게 되었습니다. 벨루아르, 르코크 다른비유, 반 담, 그리고 모르티에라는 친구였는데, 모르티에는 유대인으로 아버지가 이 근처에서 돼지 순대며 내장을 파는 정육점을 했지요.

술을 마셨고……. 함께 화실로 왔습니다……. 그중 나이가 가장 많은 친구가 스물두 살이었지요.

그게 아마 자네였지, 반 담……?」

말을 하는 것이 그에게 도움이 되는 듯했다. 그의 발걸음은 아까보다 차분해졌고 목쉰 소리도 덜해졌지만, 한바탕 울고 난 후라 얼굴에는 아직 붉은 기가 남았고 입술도 부풀어 있었다.

「클럽을 하나 만들자는 건 아마 제 아이디어였을 겁니

다! 지난 세기 독일 대학들에 있었다는 비밀 결사들에 대한 이야기를 읽은 적이 있었거든요. 우리도 예술과 과학을 결합시키는 클럽을 만들어 보자! 했지요…….」

그는 사방의 벽을 둘러보며 자조를 금치 못했다.

「우리는 노상 그런 얘기로 꽃을 피웠고, 그럴 때면 아주 기고만장해졌습니다……. 한편에는 애송이 화가인 우리 세 사람, 클랭과 자냉이 있었으니, 그게 예술이었지요! ……다른 한편으로는, 학생들이 있었고……. 다들 술을 마셨고, 참 많이도 마셨습니다! ……기분을 돋우기 위해서도 마셨지요. 신비로운 분위기를 낸답시고 조명도 흐릿하게 하고…….

우리는 잠도 여기서 잤습니다. 장의자에서도 자고 바닥에서도 자고……. 담배도 엄청나게 피웠지요. 공기가 얼마나 탁했는지…….

합창을 하기도 했고……. 그러다 보면 항상 누군가가 속이 뒤집혀서 안뜰에 나가 토하곤 했지요…….

그런 일은 새벽 2~3시에 일어나곤 했습니다! ……다들 흥분해 있었어요. 술기운을 빌려서 — 배창자가 뒤틀리는 싸구려 술 말입니다 — 형이상학의 세계로 뛰어들었던 겁니다…….

꼬마 클랭의 모습이 눈에 선합니다……. 그 녀석이 제일 예민했지요. 몸도 약했고……. 어머니가 가난해서 그는 거의 무일푼으로 살았어요. 끼니를 걸러 가며 술을 마셨지요…….

왜냐, 술을 마시고 나면, 다들 진짜 천재가 된 기분이었거든요!

학생들은 좀 더 분별이 있었습니다. 집안 형편이 더 나았으니까요. 르코크 다른비유만이 예외였지요……. 벨루아르는 부모님 집에서 비싼 부르고뉴나 리쾨르를 병째 슬쩍해 오기도 했습니다. 반 담은 햄 같은 것을 가져왔고…….

우리는 길거리의 보통 사람들이 우리를 보는 눈길에 두려움 섞인 감탄이 들어 있다고 믿었지요……. 그래서 뭔가 신비로운 이름, 듣기에도 근사한 이름을 선택한 것이 〈묵시록의 동지들〉이라는 것이었습니다.

사실 아무도 묵시록을 전부 다 읽지는 않았을 겁니다. 클랭만이 술에 취했을 때 몇몇 구절을 외우는 정도였지요…….

집세는 다 같이 내기로 하되, 클랭은 여기 살 권리를 계속 갖기로 의논이 되었습니다…….

공짜로 모델이 되어 주겠다는 여자애들도 더러 있었어요……. 물론 포즈만 취한 것은 아니었지만 말입니다! 우리는 그 애들을 〈라 보엠〉에 나오는 가난뱅이 아가씨들쯤으로 여겼습니다! ……한마디로 치기였지요!

저기 방바닥에 있는 그림 속의 여자애도 그중 하나랍니다. 소처럼 멍청한 계집애였지요. 뭐, 그래도 마돈나처럼 그랬지만 말입니다…….

가장 필요한 건 술이었습니다……. 어떻게 해서든 분위기를 띄워야 했으니까요. 클랭이 장의자 위에 에테르 병을 쏟아 비슷한 효과를 내려고 했던 것도 기억납니다…….

우리 모두 술기운에 몽롱해져서 도취를, 환상을 기다렸던 겁니다!

기가 막힐 노릇이지요……!」

제프 롱바르는 김 서린 창에 다가가 유리에 이마를 대고 있다가, 다시금 떨리는 음성으로 말을 계속했다.

「줄곧 그런 흥분 상태를 추구한 나머지, 다들 신경이 날카로워졌습니다……. 특히 제대로 먹지도 못한 녀석들은! 아시겠습니까? ……특히 꼬마 클랭이 그랬지요. 먹는 것도 없이 술기운으로만 버티는 녀석이었어요…….

당연히, 우리는 세계를 재발견했습니다! 우리는 온갖 거창한 문제들에 대해 우리 나름의 생각을 가지고 있었지요! 부르주아와 사회와 모든 기성관념들을 매도했어요…….

술이 몇 잔 들어가고 담배 연기가 자욱해지면 황당무계한 주장들이 난무합니다……. 니체와 칼 마르크스와 모세, 공자, 예수 그리스도가 마구 뒤섞였지요…….

예를 들자면, 대체 누구의 생각이었는지 모르지만, 고통이란 존재하지 않으며 우리 뇌에서 일으키는 환각일 뿐이라는 주장도 있었습니다……. 저는 그 생각에 어찌나 열광했던지, 어느 날 밤에는 다들 긴장하여 숨죽인 가운데, 팔뚝에 칼을 꽂으며 태연히 웃으려 애쓰기도 했습니다…….

그 비슷한 예는 얼마든지 있지요! ……우리는 엘리트요, 우연히 만난 천재들의 소집단이었던 겁니다. 우리는 전통적인 세상, 법이나 상식은 초월했다고 자부했습니다…….

한 줌의 선택된 자들, 신과 같은 존재들이었지요! 비록 때로는 배가 고파 죽을 지경이지만, 그래도 당당히 길거리를 활보하며 지나가는 사람들을 거만하게 내려다보는 신들이었던 겁니다…….

우리는 미래를 설계하곤 했습니다. 르코크 다른비유는 톨스토이 같은 대문호가 될 작정이었고, 반 담은 비록 상과 대학에서 지루한 강의를 듣고 있었지만 언젠가는 정치 경제를 뒤엎고 인류 사회에 대한 기성관념을 전복하려는 꿈을 가지고 있었습니다.

저마다 차지할 자리가 있었지요! 시인도 있고, 화가도 있고, 장래의 국가 원수도 있고…….

그게 다 술기운이었단 말입니다! 아무려면요! ……결

국에는 그런 식으로 기분을 돋우는 게 버릇이 되어서, 여기 들어서기만 하면, 희미한 불빛, 어스름에 잠긴 해골, 공동의 술잔으로 사용하는 해골바가지, 그런 것들이 만들어 내는 분위기 속에서 금방 원하는 도취 상태에 빠질 수가 있었습니다.

그중 멀쩡한 축들도 언젠가 이 집 외벽에 대리석 명패가 걸리는 걸 그려 보게끔 되었지요. 〈고명한 《묵시록의 동지들》이 모이던 곳〉이라고 말입니다…….

저마다 앞다퉈 새로운 책, 기발한 생각들을 가지고 왔지요…….

우리가 무정부주의자가 되지 않은 건 순전히 우연이었습니다! 그 문제도 심각하게 토론했었지요……. 세비야에서 테러 사건이 일어났을 때였는데…… 누군가가 신문 기사를 소리 내어 읽었고, 또 누구였는지 모르지만 이렇게 소리쳤습니다.

〈진정한 천재는 파괴적이다!〉

그래서 우리 몇 명이 그 문제에 대해 몇 시간씩 토론을 벌였지요. 폭탄을 제조하는 방법도 거론되었습니다. 뭘 폭파하는 게 재미있을까 하고 떠들기도 했습니다.

그때 벌써 여섯 잔인가 일곱 잔째였던 꼬마 클랭이 탈이 났습니다……. 다른 때와는 좀 달랐어요. 일종의 신경 발작이었는지……. 그는 바닥을 데굴데굴 굴렀고, 만일 그에게 불행이 닥치면 우리는 어떻게 될 것인가 하는 것밖에는 생각할 수 없었지요.

그 계집애도 마침 있었습니다! 앙리에트라는 이름이었는데……. 울고 있더군요…….

아! 굉장한 밤들이었습니다! ……다들 가로등 불 끄는 이가 지나간 다음에야 자리를 뜨는 것을 무슨 명예나 되는 것처럼 여겼지요. 그런 다음에야 한기에 몸을 움츠리며 새벽 어스름 속으로 나서곤 했습니다.

부잣집 애들은 창문을 넘어 집에 들어갔지요. 그래서 잠도 자고 식사도 했으므로, 밤새 무리를 한 것이 그럭저럭 보충되었던 겁니다…….

하지만 그럴 형편이 못 되었던 클랭이나 르코크 다른 비유, 그리고 저 같은 경우에는 길거리를 쏘다니며 빵 조각이나 뜯어 먹고, 부러운 심정으로 진열창들을 들여다보곤 했지요…….

그해 겨울에 저는 외투 없이 지냈습니다. 120프랑이나 하는 멋들어진 모자를 사고 싶었기 때문이지요…….

저는 추위도 다른 모든 것과 마찬가지로 환상일 뿐이라고 자위했습니다. 우리 식의 논리로 강변하면서 아버지께 말했지요. 부모의 사랑이라는 것은 이기심의 가장 덜 고상한 형태이며, 자식의 첫째가는 의무는 부모를 저버리는 것이라고요……. 아버지는 총기 공장에서 일하는 선량한 분이었는데, 지금은 돌아가셨습니다…….

아버지는 홀아비였어요. 아침 6시, 내가 집에 돌아올 때쯤 일터에 나가셨는데……. 결국 출근 시간을 앞당기셨습니다. 제가 하는 말들이 두려워서, 저와 마주치지 않으려 하신 거지요……. 그러면서도 식탁 위에 이런 쪽지를 남겨 놓으시곤 했습니다. 〈찬장에 수육이 좀 있으니 먹어라. 아버지〉…….」

제프의 목소리가 잠시 끊겼다. 그는 벨루아르와 반 담을 차례로 건너다보았다. 벨루아르는 밑 빠진 의자 가장자리에 걸터앉아 바닥을 내려다보고 있었고, 반 담은 궐련을 조각조각 부서뜨리고 있었다.

「우리는 일곱 명이었습니다.」 롱바르가 나직이 말했다. 「일곱 명의 초인! 일곱 명의 천재! 일곱 명의 애송이!

자냉은 파리에서 아직도 조각을 하고 있지요. 실은 마네킹을 만들어 큰 공장에 납품하는 일이지만……. 그러다 가끔씩 함께 있는 여자의 흉상을 빚으면서 심화를 달래는 거지요…….

벨루아르는 은행에 있고…… 반 담은 사업을 하고…… 저는 사진 제판사가 되었고…….」

잠시 두려운 듯 입을 다물었던 제프는 침을 삼키고 말을 이었다. 눈가의 검은 그늘이 한층 더 깊어진 듯했다.

「클랭은 성당 문에 목을 맸고…… 르코크 다른비유는 브레멘에서 입안에 총을 쏘았고…….」

또다시 침묵이 찾아왔다. 벨루아르가 더는 가만히 앉아 있지 못하고 일어나 잠시 주저하더니, 유리창 앞에 가서 섰다. 그의 가슴속에서 기묘한 소리가 끓어올랐다.

「마지막 한 사람은 어떻게 되었소……?」 매그레가 말했다. 「이름이 모르티에라고 했던가? 내장 장수 아들 말이오…….」

롱바르의 이글대는 눈길이 자신을 향하자, 반장은 그가 다시 발작을 일으킬지도 모른다는 예감이 들었다. 반담이 자기 의자를 뒤집어엎었다.

「그 일은 12월에 일어났지요……?」

매그레는 말하는 동안에도 세 사람의 미세한 표정 변화를 놓치지 않았다.

「한 달 후면 10년이 되겠구먼……. 한 달 후면 공소 시효 만료라…….」

그는 우선 조제프 반 담이 떨어뜨린 자동 권총을 주웠고, 제프가 들어서자마자 바닥에 팽개친 탄창식 권총도 주워 들었다.

그의 예상은 적중했다. 롱바르는 더 버티지 못하고 머리를 양손에 묻은 채 신음했다.

「내 새끼들……! 내 어린것들……!」

그러다 갑자기 부끄러운 줄도 모르고 눈물범벅이 된 얼굴을 쳐들고는, 반장을 향해 미친 듯이 악을 썼다.

「전부 당신 때문이야! 당신 때문에 난 갓난쟁이 얼굴도 제대로 못 봤다구! ……어떻게 생겼는지도 몰라! ……알기나 해?」

10
포토누아르 가의 크리스마스

소나기가 지나가는 모양이었다. 하늘에 낮고 빠른 구름이 지나가는 듯, 갑자기 모든 햇빛이 꺼져 버렸다. 마치 스위치를 내린 것처럼 방 안의 공기가 잿빛 일색이 되어 버리고, 사물들은 잔뜩 찌푸린 듯이 보였다.

매그레는 거기 모인 자들이 어째서 색색의 유리를 끼운 등으로 불빛을 조정하여 신비한 어스름을 만들어 내고 담배 연기와 술로 공기를 탁하게 만들 필요를 느꼈는지 이해할 수 있을 것 같았다.

또, 그런 밤의 서글픈 광란이 지나간 아침에 클랭이 어떤 기분으로 깨어났을지도 그려 볼 수 있었다. 빈 술병, 깨진 술병, 시큼한 냄새, 커튼도 없는 유리문에서 쏟아지는 음울한 날빛…….

제프 롱바르는 지친 듯 입을 다물었다. 이번에는 모리스 벨루아르가 말문을 열었다.

마치 장면이 바뀌기라도 한 것처럼, 갑작스러운 변화였다. 사진 제판사의 감정은 그라는 사람 전체의 격동으로 나타났었다. 온몸으로 경련하고 흐느끼고 목이 쉬고 마구 왔다 갔다 하면서 열광과 침묵 사이를 오가는 그의 변화는, 마치 환자의 상태를 나타내듯 그래프로 그릴 수도 있을 것이었다.

반면 벨루아르는 머리끝부터 발끝까지, 목소리와 눈길과 몸짓이 너무 단정하여 보는 사람이 불편할 정도였다. 그것이 얼마나 고통스러운 자제심의 결과인지 느끼지 않을 수 없었기 때문이다.

그는 울 수도 없을 것이었다. 입술조차 일그러뜨리지 않을 것이었다! 모든 것이 뻣뻣하게 굳어져 있었다.

「제가 이야기를 계속해도 되겠습니까, 반장님? ……이제 곧 어두워질 텐데, 불을 켤 만한 것도 없군요…….」

그런 구체적이고 사소한 문제를 생각나게 하는 것도 그의 잘못은 아니었다. 감정이 없어서 그러는 것도 아니었다. 그것은 그가 자신을 표출하는 나름의 방식이었다.

「저는 우리의 그런 대화와 토론, 소리 내어 꾸는 꿈들이 모두 진지했다고 생각합니다. 그렇지만 그 진지성에도 정도 차는 있었지요.

제프도 말했듯이……. 집안이 넉넉해서 자기 집으로 돌아가 든든한 땅에 발 디딜 수 있는 축도 있었지요. 반 담, 빌리 모르티에, 그리고 저처럼……. 자넷도 크게 부족한 것은 없었구요.

그런데 빌리 모르티에는 사실 좀 특별한 경우였습니다. 한 가지 예만 들어 보지요. 카바레의 직업여성들이나 밤무대의 무희들 중에서 정부를 고를 수 있는 건 그 친구뿐이었습니다. 돈을 주고 사는 거지요…….

현실적인 친구였지요……. 자기 아버지와 똑같았어요……. 그 애 아버지도 무일푼으로 리에주에 와서 궂은일 마다하지 않고 내장 장사를 해서 부자가 되었으니 말입니다.

빌리는 매달 용돈으로 5백 프랑씩 받았어요. 우리 모두에게 그건 굉장한 돈이었지요……. 그는 대학에 아예 출석도 하지 않았고, 가난한 동급생들에게 강의를 필기시켜서 적당한 눈치와 뇌물로 시험을 통과하곤 했습니다…….

그가 여기 온 건 순전히 호기심 때문이었지요. 그는 우리와 취미도 사상도 함께한 적이 없었으니까요…….

생각해 보세요! 그의 아버지는 화가들한테서 그림을 샀지만, 실은 그들을 경멸했지요. 시 의원이나 시청 간부들에게도 뇌물을 바치고 이권을 얻어 내곤 했지만, 그러면서도 그들을 경멸했거든요…….

마찬가지예요! 빌리 역시 우리를 경멸했어요……. 그가 여기 온 건 부유한 자신과 다른 사람들 사이의 차이를 재어 보기 위해서였던 겁니다…….

그는 술도 마시지 않았지요……. 우리 중에 누가 술에
취하면 역겹다는 듯 바라보곤 했으니까요……. 끝없는
토론 중에도 그는 어쩌다 몇 마디 내뱉을 뿐이었는데, 그
건 마치 찬물을 끼얹는 것과도 같았습니다. 너무나 노골
적이라 상처를 주는 말들이었지요. 우리가 애써 만들어
낸, 시적인 분위기를 여지없이 깨뜨리곤 했습니다…….
설령 그게 진짜 시는 아니었다 해도 말입니다…….

그는 우리를 증오했어요! 우리는 그를 증오했구요! 게
다가 그는 인색했지요! 인색하고 냉소적이었습니다. 클
랭은 끼니를 거르는 날이 많았지요……. 우리는 너나없이
그를 돕곤 했습니다. 하지만 모르티에는 이렇게 잘라 말
했지요.

〈나는 우리 사이에 돈 문제가 개입하는 걸 원치 않아.
내가 부자라서 받아들여지고 싶지는 않단 말이야…….〉

그러면서 그는 술을 사러 간다든가 할 때면 꼭 자기 몫
만 내는 것이었습니다. 다들 있는 돈을 다 털어 내는데 말
입니다…….

르코크 다른비유가 그의 강의 필기를 해주었지요. 저
는 언젠가 그가 그 수고료도 선불은 안 된다고 거절하는
것을 들은 적도 있습니다…….

그는 어떤 인간 집단에나 있게 마련인 이질적이고 적

대적인 요소였어요…….

그래도 다들 그를 참아 주었지요. 하지만 클랭은, 특히 술에 취했을 때는, 그에게 덤벼들어서 속에 있는 말을 다 쏟아 놓곤 했습니다……. 그러면 모르티에는 조금 창백해져서 경멸하듯 입술을 삐죽이며 듣고만 있었지요…….

아까 제가 진지성에도 정도 차이가 있었다고 말씀드렸지요……. 가장 진지했던 건 분명 클랭과 르코크 다른비유였을 겁니다……. 그 두 사람은 형제 같았지요. 둘 다 가난한 어머니 슬하에서 힘든 어린 시절을 보냈고……. 둘 다 좀 더 높은 곳을 바라보면서, 뛰어넘을 수 없는 장애물 앞에서 애를 태우곤 했으니까요…….

미술 학교의 저녁 강의를 계속 듣기 위해 클랭은 낮 동안 건축 도장공으로 일해야 했습니다. 그는 사다리 꼭대기에 올라가야 할 때면 현기증이 난다고 털어놓았지요. 르코크는 강의를 필기하고 외국 학생들에게 프랑스어를 가르쳐서 돈을 벌었구요. 그는 가끔 여기 와서 식사를 했어요. 그때 쓰던 난로가 아직 어딘가 있을 겁니다…….」

석유난로는 장의자 곁 바닥에 있었고, 제프는 울적한 듯 그것을 걷어찼다.

머리칼 한 올 흐트러지지 않게 매끈히 빗어 넘긴 모리스 벨루아르는 울림이 없고 단조로운 음성으로 말을 이었다.

「저는 훗날 랭스의 유지들이 모인 사교적인 자리에서 누군가가 농담처럼 이렇게 묻는 말을 들은 적이 있습니다.

〈여차여차한 상황이라면 사람을 죽일 수 있겠는가?〉

또는, 반장님도 중국의 고관에 관한 질문을 들어 보신 적이 있겠지요.

〈만일 전기 스위치를 누르는 것만으로 중국의 막대한 부자인 고관을 죽이고 그 재산을 상속받을 수 있다면, 그렇게 하겠는가?〉

여기 이곳에서도 가장 기발한 주제들이 밤새도록 토론을 벌일 구실이 되어 주곤 했기 때문에, 삶과 죽음의 수수께끼 역시 거론될 수밖에 없었지요…….

크리스마스 직전이었습니다……. 한 신문 사회면에 난 기사가 토론거리가 되었습니다. 눈이 왔었고……. 우리의 생각은 인습적인 생각과는 달라야만 했지요…….

그때 우리를 매료한 주제는 인간이란 지각(地殼) 위의 곰팡이에 불과하다는 것이었습니다. 그러니 죽건 살건 대수이겠느냐는 것이었지요. 동정심이라는 것도 일종의 병일 뿐이고……. 큰 동물은 작은 동물을 잡아먹고, 인간은 큰 동물을 잡아먹는다…….

롱바르가 아까 주머니칼 이야기를 했지요? 그가 고통

이란 존재하지 않는다는 것을 입증하기 위해 자기 팔을 칼로 찔렀다는 이야기 말입니다…….

그런데 그날 밤, 방바닥에는 이미 서너 개의 빈 술병이 굴러다니는데, 우리는 누군가를 죽인다는 문제를 심각하게 토론하고 있었습니다.

하지만 우리는 모든 것이 허용되는 순전히 이론적인 영역에만 머무는 것이 아니었는지? 그래서 서로서로 질문을 해보기로 했습니다.

〈정말 그럴 용기가 있겠어……?〉

그러자 눈동자들이 빛났고, 등줄기에는 써늘한 전율이 스쳤습니다.

〈왜 못해? ……삶은 아무것도 아니라면서? 지표면 위의 병이요 우연에 불과한 거라면서?〉

〈그렇담 길 가는 사람을 아무나 죽일 수 있겠어?〉

그러자 가장 많이 취해서 얼굴이 해쓱하고 눈가에 검은 그늘이 진 클랭이 선뜻 대답했습니다.

〈그럼!〉

심연의 가장자리에 선 느낌이었습니다. 더는 앞으로 나가기가 두려웠지요. 위험을 가지고 놀기도 하고 죽음을 불러내어 희롱도 했지만, 이제 죽음이 우리 사이를 서성이고 있는 듯했습니다…….

누군가 ― 제 생각에는 반 담이었던 것 같은데 ― 어

렸을 때 성가대원이었던 친구가 〈리베라 노스〉[17]를 불렀지요. 사제가 관 앞에서 읊는 노래 말입니다……. 그러자 모두 덩달아 합창을 했지요. 불길한 느낌이 목까지 차올랐습니다…….

그렇지만 그날 밤에는 아무도 죽이지 않았어요! 새벽 4시에 저는 담장을 뛰어넘어 집으로 돌아갔지요. 아침 8시에는 가족들 틈에서 커피를 마시고 있었구요. 여기서 있었던 일은 그저 기억일 뿐이었어요……. 그런 느낌을 아시는지요? 전율하면서 보고 온 간밤의 연극이 기억이 되는 것 같은…….

클랭은 여전히 여기 포토누아르 가에 남았습니다. 그는 그 모든 생각들을 고스란히 간직했지요……. 몸은 병약하고 머리만 지나치게 컸다고나 할까요……. 그 생각들이 그를 좀먹었습니다……. 그 후 얼마 동안 그는 자신을 사로잡고 있는 생각들을 이런 식의 갑작스런 질문들로 드러내곤 했습니다.

〈정말로 살인이 어렵다고 생각해?〉

아무도 물러서기를 원치 않았습니다……. 더는 취해 있지도 않았구요……. 그래서 별로 확신이 없으면서도, 이렇게 대답하곤 했지요.

17 *Libera nos*, 즉 〈우리를 구하소서〉라는 가사로 시작하는 가톨릭 전례가.

〈물론 어렵지 않지……!〉

아마도 그 애의 열병에서 짜릿한 즐거움을 맛보기도 했던 것인지? ……하여간, 오해하지 마십시오. 아무도 정말로 일을 벌일 생각은 없었습니다. 그저 가능성을 그 극한까지 몰고 가보자는 것이었지요…….

화재가 나면 구경꾼들은 자기도 모르게 불길이 계속되기를, 〈근사한 화재〉가 되기를 바랍니다……. 밀물 때가 되면 신문 독자들은 20년 후까지도 화제에 올릴 만한 〈멋진 홍수〉를 바라게 됩니다…….

〈무엇인가 재미난 것을! 그것이 무엇이든 간에!〉

크리스마스 밤이 되었습니다……. 각자 한 병씩 들고 왔습니다. 마시고 노래하고……. 반쯤 취한 클랭은 어떤 때는 마시는 축에, 어떤 때는 노래하는 축에 끼었습니다.

〈넌 내가 죽일 수 있을 거라고 생각해……?〉

다들 별걱정 하지 않았습니다. 자정쯤에는 아무도 제정신이 아니었지요. 가서 새 술을 사 오느니 마느니 하고 있었습니다.

빌리 모르티에가 나타난 것은 그때였습니다. 약식 연미복을 입었는데, 셔츠의 새하얀 가슴팍이 방 안의 빛을 죄다 빨아들이는 듯했지요. 그는 얼굴이 불쾌한 채 향수 냄새를 풍기고 있었습니다. 어느 성대한 사교 모임에서 오는 길이라고 했습니다.

〈가서 술 좀 사 와……!〉 클랭이 그에게 소리쳤습니다.

〈이봐, 취했군! 난 그저 악수나 하러 들렀을 뿐이야……〉

〈무슨 말씀! 우릴 구경하러 왔겠지!〉

그렇지만 그다음에 벌어진 일은 아무도 예상치 못한 것이었습니다. 클랭의 얼굴은 그가 술에 취했던 과거 어느 때보다도 무섭게 보였습니다. 그는 정말 작고 말랐고, 빌리 곁에 서니 꼴이 말이 아니었어요. 머리칼은 되는대로 헝클어지고, 이마에서는 땀이 흐르고, 넥타이는 풀어헤친 상태였어요.

〈너 돼지 새끼처럼 취했구나, 클랭!〉

〈좋아! 돼지 새끼의 명령이다. 가서 술 사 와……〉

그 순간 빌리는 겁이 났던 것 같습니다. 아무도 웃고 있지 않다는 것을 막연하게나마 의식했을 겁니다. 그래도 여전히 허세를 부렸지요…….

곱슬곱슬하게 지진 그의 검은 머리칼에서 향수 냄새가 물씬 풍겼습니다.

〈뭐 별로 재미나게 노는 것 같지도 않군그래!〉 그는 내뱉었습니다. 〈방금 다녀온 파티가 훨씬 더 재미있었지…….〉

〈가서 술 사 와…….〉

클랭은 이글대는 눈으로 주위를 둘러보았습니다. 몇몇은 한구석에 모여서 칸트를 논하는가 하면, 자기는 살 가치가 없다며 눈물을 짜는 녀석도 있었어요…….

아무도 제정신이 아니었습니다. 아무도 다 보지는 못했어요……. 클랭은 온몸의 신경이 한꺼번에 곤두서기라도 하는 듯 갑자기 튀어 일어나 달려들었지요.

그는 마치 머리로 연미복 가슴 판을 들이받는 것처럼 보였지만……. 다음 순간 피가 뿜어져 나왔습니다…….
빌리는 입을 딱 벌린 채였습니다.」

「그만……!」 제프 롱바르가 애원하듯 소리쳤다. 그는 일어나서 겁에 질린 얼굴로 벨루아르를 바라보았다.

반 담은 어깨를 구부정하게 구부린 채 다시금 벽에 몸을 붙였다.

하지만 아무것도, 그 자신의 의지조차도, 벨루아르의 이야기를 중단시킬 수는 없었다. 어두워지고 있었다. 얼굴들이 잿빛으로 보였다.

「모두 난리가 났습니다……!」 목소리는 계속되었다. 「클랭은 손에 칼을 든 채 웅크리고서 멍한 눈으로 빌리가 비틀거리는 것을 쳐다보고 있었습니다……. 그런 일이 실제로 일어나면 상상하는 것과는 많이 다릅니다……. 잘 설명을 못하겠군요…….

모르티에는 쓰러지지 않았습니다. 하지만 그의 셔츠 가슴팍에 난 구멍에서는 계속해서 피가 쏟아져 나왔어요……. 그는 이렇게 말했던 것으로 확신합니다.

〈돼지 새끼들……!〉

그는 균형을 잡으려는 듯 두 발을 약간 벌린 채 그대로 서 있었습니다……. 피만 아니었다면 취한 것은 그였다고 생각했을 것입니다.

그는 원래 눈이 컸지만, 그 순간에는 한층 더 커졌습니다……. 왼손으로는 연미복의 단추를 붙들고, 오른손으로는 바지 뒷주머니를 더듬고 있었어요…….

누군가 공포에 찬 소리를 질렀습니다……. 제프였던 것 같습니다. 빌리의 오른손이 주머니에서 천천히 빼 드는 것은 권총이었던 것입니다……. 강철로 된 작고 단단한 검은 물건이었어요…….

클랭은 신경 발작에 사로잡혀 방바닥을 굴렀습니다. 술병 하나가 떨어져 깨졌습니다…….

빌리는 쉽게 죽지 않았습니다! 눈에 띄지 않을 정도로 조금 비틀거릴 뿐이었습니다! 그는 우리를 한 사람씩 바라보았지요! ……제대로 보이지는 않았겠지만……. 그는 권총을 쳐들었습니다…….

그러자 누군가 그에게서 총을 빼앗으려고 앞으로 나서다 피를 밟고 미끄러졌고, 두 사람은 바닥에 뒹굴었지요…….

몸싸움이 벌어졌습니다! 모르티에는 아직 죽지 않았

으니까요……. 그는 그 큰 눈을 여전히 뜨고 있었습니다!

그는 거듭 총을 쏘려 했습니다……. 계속해서 이렇게 중얼거렸지요.

〈돼지 새끼들……!〉

상대는 손을 뻗쳐 그의 목을 조를 수 있었습니다……. 하지만 어차피 그에게는 목숨이 얼마 남아 있지 않았습니다…….

연미복이 마침내 쓰러졌을 때, 나는 온통 피범벅이 되어 있었습니다.」

반 담과 제프 롱바르는 두려운 눈길로 친구를 바라보고 있었다. 벨루아르는 말을 맺었다.

「목을 조른 손은 제 것이었습니다! ……피 웅덩이 속에 미끄러진 것은 바로 저였습니다…….」

그는 그 옛날과 같은 자리에 서 있지 않았던가? 그러나 말끔하고 단정한, 구두에는 얼룩 하나 없이, 빈틈없이 솔질한 양복을 입고!

매니큐어를 칠한 그의 희고 매끈한 오른손에는 가문이 새겨진 큼직한 금반지가 끼워져 있었다.

「우리는 넋 나간 사람들 같았지요……. 자수하러 가겠다는 클랭을 일단 침대에 눕혔습니다. 아무도 입을 열지 않았어요……. 어떻게 설명드려야 할지 모르겠지만…….

저는 정신이 또렷했습니다! 다시 말씀드리지만, 그런 일은 사람들이 생각하는 것과 많이 달라요……. 반 담을 층계참으로 끌고 가서 낮은 목소리로 의논을 했지요. 그러는 동안에도 클랭이 연방 몸을 뒤치면서 고함치는 소리가 들려왔습니다…….

셋이서 시신을 들고 골목길을 지나는데, 성당의 종탑에서 시간을 알리는 종소리가 들려왔습니다. 몇 시였는지 모르겠습니다. 마침 뫼즈 강이 불어나 있었지요……. 생트바르브 강변로에서 50센티미터 되는 곳까지 물이 들어와 있었고, 물살도 아주 세찼습니다. 상류에도 하류에도 수문이 열려 있었습니다. 검은 물체가 물살을 따라 다음 가로등 앞을 지나는 것을 겨우 보았을 뿐입니다…….

제 옷은 찢어지고 피투성이였습니다……. 그 옷을 화실에 벗어 놓고, 반 담이 자기 집에 가서 입을 옷을 가져다주었지요. 다음 날 부모님께는 적당히 둘러댔습니다…….」

「그 후에 다시 모였던가요?」 매그레가 느릿한 어조로 물었다.

「아니요……. 다들 도망치듯이 포토누아르 가를 떠났지요. 르코크 다른비유만이 클랭 곁을 지켰습니다…….그 후로는 서로 피해 다녔습니다. 의논이라도 한 것처럼요. 어쩌다 시내에서 마주쳐도 외면을 하곤 했습니다…….

천만다행하게도, 강물이 불어난 덕분에 빌리의 시체는

끝까지 발견되지 않았습니다……. 게다가 그는 우리와 어울리는 것을 남들 앞에 드러낸 적이 없었지요. 우리와 친구라는 게 자랑거리가 못 되었던 것입니다……. 그래서 그는 그냥 가출을 한 것으로 여겨졌어요. 수사를 하게 되었을 때도 엉뚱한 곳, 그가 그날 밤을 보냈으리라고 짐작되는 떳떳지 못한 곳들만 뒤졌지요…….

제가 가장 먼저 리에주를 떠났습니다. 3주 후에요. 하던 공부를 갑자기 중단하고, 가족들에게는 프랑스에 가서 미래를 개척해 보고 싶다고 말했지요……. 그렇게 해서 파리에서 은행원이 되었습니다.

이듬해 2월에 클랭이 생폴리앵 성당 문에 목을 매 자살했다는 것은 신문을 통해 알았습니다…….

어느 날, 파리에서 자냉을 만났습니다……. 피차 그날 일은 입에 올리지 않았습니다. 하지만 그는 자기도 프랑스에 정착했다고 하더군요…….」

「나 혼자만 리에주에 남았지…….」 제프 롱바르가 고개를 떨어뜨린 채 중얼거렸다.

「당신은 목매단 자들과 성당 종탑을 그렸잖소!」 매그레가 되받았다. 「그러다가 신문에 삽화도 그리고……. 그 후에는…….」

그는 오르샤토 가의 집과 푸르스름한 작은 유리를 끼운 창문들, 광장의 분수, 젊은 여자의 초상화, 사진 제판

작업실 등을 떠올리고 있었다. 목매단 자들의 그림이 붙어 있는 그 벽들은 이제 포스터와 주간지 삽화들로 차츰 덮여 가고 있었다…….

그리고 아이들! ……바로 어제 태어난 셋째!

10년이라는 세월이 흘러가지 않았던가? 삶은 어디서나 조금씩 어설프게나마 본래의 흐름을 되찾아 가지 않았던가?

반 담은 다른 두 사람처럼 파리로 갔다가, 우연히 독일에까지 가게 되었다. 부모의 유산을 물려받았고, 브레멘에서 어엿한 사업가가 되었다.

모리스 벨루아르는 결혼을 잘해서 신분 상승을 이루었다!

은행의 부행장이라! ……그리고 벨 가에 새로 지은 아름다운 저택……. 바이올린을 배우는 어린 자식…….

저녁이면 그는 카페 드 파리의 안락한 방에서 자기 같은 유지들과 어울려 당구를 친다…….

자냉은 그때그때 만나는 여자들로 만족하며 마네킹 제작으로 생계를 잇고, 일과를 마친 다음에는 애인의 흉상을 조각한다…….

르코크 다른비유도 결혼하지 않았던가? 그에게도 픽퓌스 가에서 약재상을 하는 아내와 자식이 있지 않았던가?

빌리 모르티에의 아버지는 계속해서 트럭이며 화물차로 내장을 사다가 씻어서 팔고, 시 의원들에게 뇌물을 주면서 재산을 불려 가고 있었다.

그의 딸은 기병대 장교와 결혼했지만 사위가 장인의
사업에 참여하기를 거부했으므로, 모르티에는 그에게 약
속한 지참금을 주지 않았다.

부부는 어딘가 군대가 주둔하는 작은 도시에 살고 있
었다.

11
양초 토막

날이 거의 저물었다. 어스름 속에 얼굴들의 윤곽이 희미해지고, 그 때문에 이목구비는 한층 더 뚜렷이 부각되었다.

이런 명암의 대비가 신경에 거슬리는 듯, 롱바르는 짜증스럽게 말했다.

「어떻게 불 좀 켜보지……!」

10년 전과 똑같은 못에 매달린 등잔 안에 양초 토막이 남아 있었다. 스프링이 꺼진 장의자, 옥양목 쪼가리, 망가진 해골 표본, 젖가슴을 드러낸 여자의 스케치 같은 것들과 함께, 집세를 받지 못한 집주인이 담보로 맡아 두었던 것이다.

매그레는 양초에 불을 붙였다. 그러자 등잔의 색유리들이 마치 환등(幻燈)처럼 빨강, 노랑, 파랑으로 드리우는 그림자들이, 벽 위에서 춤을 추었다.

「르코크 다른비유가 처음으로 당신을 찾아간 것이 언제였소?」 반장이 모리스 벨루아르를 향해 질문을 던졌다.

「3년 전쯤이었을 겁니다. 전혀 뜻밖이었지요……. 반장님께서도 보신 그 집의 공사를 막 마쳤을 때였습니다. 아들놈이 겨우 걷기 시작했었지요…….

저는 그가 클랭과 너무나 닮은 데에 충격을 받았습니다……. 생김새가 비슷하다기보다 마음 상태가 비슷했다고나 할까요! 둘 다 속에서부터 타들어 가는 열병을 앓고 있었지요. 둘 다 병적으로 예민했구요…….

그는 원수가 되어 나타났습니다. 마음을 많이 다쳤더군요. 절망했다고나 할까요……. 적절한 말을 못 찾겠습니다…….

그는 비아냥거리면서 냉소적으로 말했습니다. 제 집과 제 처지와 제 인생과 제 성격과……. 그 모든 것에 감탄하는 척했지요……. 하지만 금방이라도 울음을 터뜨릴 것 같은 상태였어요! ……클랭이 술에 취했을 때 그랬던 것처럼 말이에요.

그는 제가 다 잊어버렸다고 생각했던 것입니다……. 천만에요! 저는 그저 살고 싶었을 뿐이지요……. 이해하시겠습니까? 제가 노예처럼 일한 것도 다 살기 위해서였지요.

그는 그럴 수가 없었던 것입니다……. 사실 크리스마

스 이후 두 달 동안 글랭과 함께 살았던 건 그였지요. 우리는 다 떠났구요……. 그 둘만이 이 방에 남아 있었던 겁니다…….

르코크 다른비유 앞에서 제가 느꼈던 감정은 도저히 설명이 안 되는군요. 그렇게 여러 해가 지났는데도 그는 옛날과 똑같은 모습으로 다시 나타났습니다…….

마치 인생이 어떤 사람들에게는 계속해서 흘러가지만, 어떤 사람에게는 정지해 버린 것과도 같았습니다…….

그는 이름을 갈았다고 말했습니다. 그 일을 생각나게 하는 것은 일체 간직하고 싶지 않기 때문이라는 것이었습니다……. 인생 자체를 바꾸었다고, 이제는 책이라고는 들춰 보지 않는다고도 했습니다…….

그는 육체 노동자가 됨으로써 스스로 새로운 삶을 시작할 수 있다고 생각했던 것 같습니다.

그 모든 것을 그는 빈정대는 말과 어이없는 비난과 책망의 말 가운데 툭툭 내뱉었고, 저는 대강 헤아려 들어야 했습니다…….

요컨대 그는 실패했던 겁니다! 다 망쳐 버리고 말았어요! ……그의 일부는 여전히 이곳에 매여 있었던 거지요…….

우리 모두가 마찬가지였다고 생각합니다. 하지만 정도가 달랐지요……. 우리는 그렇게 병적이고 고통스러운 정도까지는 아니었습니다.

그를 사로잡았던 것은 빌리가 아니라 오히려 클랭의 얼굴이었다고 생각합니다.

그래서 결혼해 자식을 두었으면서도 그는 여전히 발작을 겪었지요……. 술을 마셨습니다……. 그는 행복할 수 없는 것은 물론이고, 표면적인 평화조차도 유지할 수가 없었습니다.

그는 제게 선언하기를, 진심으로 아내를 사랑하지만, 그녀 곁에 있으면 어쩐지 자기가 도둑놈 같은 기분이 들어서 떠났다는 거였습니다.

행복을 훔치는 도둑놈 말입니다! ……그는 자기가 클랭에게서, 그리고 또 한 사람에게서 행복을 훔치고 있다고 생각했지요.

그 후로 저도 많이 생각해 보았습니다. 저도 알 것 같습니다. 우리는 위태로운 관념들을, 신비주의와 병적인 것을 가지고 놀았던 것이지요…….

그건 어디까지나 놀이였을 뿐이에요……. 애들 장난이었어요. 하지만 적어도 두 사람은 그 놀이에 정신을 빼앗기고 말았지요. 가장 열심이었던 두 사람은…….

클랭과 르코크 다른비유 말입니다……. 살인이 화두가 되자 클랭은 실제로 살인을 하려 들었고…… 결국 자기도 목숨을 끊고 말았지요! 공포에 사로잡힌 르코크는 신경이 닳을 대로 닳은 채 그 악몽을 평생 끌고 다녔구요.

저나 다른 친구들은 거기서 벗어나 정상적인 삶으로 돌아가려 애썼습니다만…….

르코크 다른비유는 정반대로 회한과 자포자기 속에 온몸으로 뛰어든 겁니다……. 결국 자기 인생을 망치고 말았지요! 자기 아내와 자식의 인생까지도!

그러자 그는 우리에게 덤벼들었어요……. 그 때문에 저를 찾아왔던 겁니다. 그런 그를, 저는 대번에 알아차리지는 못했습니다…….

그는 제 집과 제 가족과 제 은행…… 제가 가진 것들을 꼬나보았습니다. 그제야 저는 그가 그 모든 걸 파괴하는 것을 자기 의무로 여기고 있다는 사실을 분명히 깨달았습니다.

클랭의 복수를 위해서! ……자기 자신의 복수를 위해서였지요!

그는 저를 위협했습니다……. 찢어지고 피로 얼룩진 양복을 아직도 가지고 있다고 말입니다. 그것이 크리스마스 밤에 일어난 사건의 유일한 물증이었지요…….

그는 제게 돈을 요구했습니다……. 그것도 아주 많이! 그러고도 계속해서 더 많은 돈을 요구했어요…….

그게 바로 약점이었습니다……. 반 담이나 롱바르나 저나, 심지어 자냉까지도, 우리의 안정된 삶은 결국 돈에 기초해 있었던 것입니다…….

새로운 악몽이 시작되었습니다……. 르코크의 생각은 틀리지 않았습니다. 그는 그 불길한 양복을 가지고 이 사람 저 사람 찾아다녔습니다. 우리를 곤경에 빠뜨릴 만한 돈의 액수를 귀신처럼 정확하게 알아내어 요구하는 것이었습니다…….

제 집에 와보셨지요, 반장님……. 그 집은 벌써 저당 잡혀 있습니다……. 아내는 자기 지참금이 은행에 고스란히 들어 있는 줄 알지만, 한 푼도 남아 있지 않아요……. 그 밖에도 저는 여러 가지 비리를 저질렀습니다!

그는 브레멘으로 반 담을 두 번이나 찾아갔지요. 리에 주에도 왔었구요…….

여전히 원한에 사무쳐서, 저희의 껍질만 남은 행복까지도 악착같이 파괴하려 들었습니다…….

빌리가 죽었을 때 남은 사람은 모두 여섯이었습니다. 클랭은 죽었고……. 르코크는 매 순간을 악몽 속에 살고 있었고…….

그래서 그는 우리 모두 똑같이 불행해져야 한다고 생각했던 것이지요……. 돈이요? 그는 건드리지도 않았습니다! 클랭과 몇 푼어치 순대를 나눠 먹던 그 옛날과 똑같이 가난하게 살았지요……. 그는 우리에게서 뜯어 간 돈을 다 태워 버렸습니다!

하지만 그렇게 볼턴 지폐 한 장 한 장이 우리로서는 말도 못할 고생의 대가였던 겁니다…….

3년 전부터 우리는 저마다 있는 곳에서 발버둥을 쳤지요. 반 담은 브레멘에서, 제프는 리에주에서, 자냉은 파리에서, 저는 랭스에서…….

그 3년 동안 우리는 서로 연락할 엄두도 못 냈습니다. 그런데도 르코크 다른비유는 우리를 〈묵시록의 동지들〉 시절로 몰아넣었지요…….

저는 아내가 있고…… 롱바르도 마찬가지입니다. 자식들도 있지요……. 그들을 위해 우리는 버텨 내야만 했습니다…….

그런데 얼마 전 반 담에게서 전보가 왔습니다. 르코크 다른비유가 자살을 했다고…… 여기서 만나자고 말입니다.

모두 그 정도로 알고 있었는데……. 당신이 등장한 겁니다. 당신이 브레멘을 떠난 후 우리는 당신이 피 묻은 양복을 가지고 있으며, 수사에 발 벗고 나섰다는 것을 알았습니다…….」

「북역에서 내 가방 하나를 훔친 건 누구였소?」 매그레가 물었다.

반 담이 대답했다.

「자냉이오! ……저는 당신보다 먼저 도착해서……. 한쪽 플랫폼에 숨어 있었지요.」

그들은 하나같이 지쳐 있었다. 양초 토막은 기껏해야 10분쯤 더 갈 것이었다. 반장의 무심한 동작에 해골바가지가 바닥에 떨어져, 마치 마룻바닥을 갉아 먹는 듯한 모양새로 엎어져 버렸다.

「철도 호텔로 내게 편지를 쓴 건 누구였소……?」

「접니다!」 제프가 고개를 들지 않은 채 대답했다. 「갓난쟁이 때문이었어요! 아직 제대로 얼굴도 못 본 딸자식 때문에요. 하지만 반 담이 눈치를 챘고…… 벨루아르도……. 그래서 두 사람 다 카페에 나타났던 거지요.」

「총을 쏜 것도 당신이었소?」

「그래요……. 어쩔 수 없었어요……. 살고 싶었단 말입니다! 아내와 자식들을 위해서라도……. 그래서 당신이 나오기를 기다렸지요. 저는 5만 프랑어치 어음을 해결해야 해요……. 르코크 다른비유가 태워 버린 5만 프랑이지요! 하지만 그건 문제가 안 됩니다! ……갚으면 돼요. 무슨 일이든 할 거예요. 하지만 당신이 그렇게 우리 뒤를 캐고 있다는 건…….」

매그레는 반 담에게로 눈길을 돌렸다.

「그리고 당신은 계속 나를 앞질러 가며, 단서들을 없애려 했던 것이군……?」

더는 아무도 말이 없었다. 촛불이 일렁거렸다. 등잔의 붉은 유리를 통해 걸러진 빛이 제프 롱바르만을 비추었다.

한참 만에 벨루아르가 입을 열었다. 갈라진 목소리였다.

「벌써 10년 전 일입니다. 그 일이 있은 직후였다면 받아들였을 겁니다……. 체포하러 올 경우에 대비하여 권총도 사두었었습니다……. 하지만 10년이나 지난 후에! 10년이나 사력을 다해 애쓴 다음에! 게다가 상황도 달라졌지요. 아내에, 자식까지 생겼으니……. 저라도 당신을 강물에 밀어 넣었을 겁니다. 아니면 카페 밖에 숨어 있다가 총이라도 쏘았겠지요.

왜냐하면, 이제 한 달만, 아니 한 달까지도 아니고, 26일만 지나면, 공소 시효가 지나니까요…….」

다시금 찾아든 침묵 가운데 촛불이 문득 마지막 빛을 발하더니 꺼져 버렸다. 칠흑 같은 어둠이었다.

매그레는 꼼짝도 하지 않았다. 왼쪽에는 롱바르가 서 있고, 맞은편에는 반 담이 벽에 기대어 있으며, 등 뒤로 한 발짝도 안 떨어진 곳에 벨루아르가 있었다.

그는 권총이 든 호주머니로 손을 가져가는 정도의 신중도 기하지 않은 채, 그저 기다렸다.

벨루아르가 머리끝부터 발끝까지 떠는 것을, 숨이 고르지 않은 것을 분명히 느낄 수 있었다. 그러나 벨루아르는 성냥불을 켜 들고 말했다.

「이제 그만 나가 보실까요…….」

불빛에 비친 눈동자가 한층 더 번득였다. 네 사람 모두 몸을 부딪혀 가며 문간을 지나 계단을 내려왔다. 반 담이 넘어졌다. 여덟 번째 단부터는 난간이 없다는 것을 잊어버렸던 것이다.

목공소의 작업실은 잠겨 있었다. 창문의 커튼 사이로, 한 노파가 작은 석유 등잔을 켜놓고 뜨개질을 하는 것이 보였다.

「저쪽이었소?」 매그레는 1백 미터쯤 떨어져 있는 골목을 가리켜 보였다. 강변로로 이어지는, 포석이 울퉁불퉁하게 깔린 길이었다. 모퉁이 담벼락에 가스등이 달려 있었다.

「강물이 세 번째 집까지 올라와 있었습니다.」 벨루아르가 대답했다. 「저는 물이 무릎에 차는 데까지 들어갔지요. 급류에 떠내려 보내려고…….」

그들은 그 골목과 반대 방향으로, 새로 지은 성당을 따라 걸어갔다. 성당은 아직 잘 다져지지 않은 지대 한복판에 솟아 있었다.

갑자기 시내가 나오고 행인들과 빨갛고 노란 전차들, 자동차들, 상점의 진열창들이 눈에 들어왔다.

시내 중심부로 가려면 아르슈 다리를 건너야 했다. 세찬 물살이 교각에 부딪히는 소리가 요란했다.

오르샤토 가에서는 제프 롱바르를 기다리고 있을 터였

다. 아래층에서는 일꾼들이 산이 든 통들과 사진 원판을 찾으러 온 신문사의 자전거 심부름꾼들 사이에서, 위층에서는 산모가 정정한 친정어머니와 아직 눈도 못 뜬 채 새하얀 강보에 싸여 있는 갓난아기와 함께…….

목매달린 자들의 그림이 걸려 있는 식당에서는 갓 난 동생 때문에 큰 소리도 못 내고 놀아야 하는 그 위의 두 아이가…….

랭스에서는 또 다른 엄마가 어린 아들에게 바이올린을 가르치고 있을 것이었다. 하녀는 계단의 놋쇠 봉을 윤나게 닦고 있을 것이고, 커다란 녹색 식물이 담긴 도자기 화분의 먼지를 떨기도 할 것이다…….

브레멘에서는 사무실의 일이 끝나 갈 것이었다. 타자수와 두 명의 직원은 현대식 사무실을 나설 것이고, 전깃불이 꺼지면 〈조제프 반 담, 수출입 중개〉라는 에나멜 글자들도 어둠에 잠길 것이다.

어쩌면 빈 음악을 연주하는 맥주홀에서는 누군가 머리를 바짝 깎은 사업가가 이렇게 말할지도 모른다.

「이런! 그 프랑스 사람이 안 보이는군…….」

픽퓌스 가에서 죄네 부인은 칫솔이나 캐모마일 1백 그램 따위를 팔고 있을 것이다. 말린 캐모마일 꽃이 봉지 안에서 바스락거릴 것이다.

아들아이는 가게 뒷방에서 숙제를 하고…….

네 사람은 보통 걸음으로 걸었다. 가벼운 바람이 일어 구름들이 달을 가렸다. 구름 사이로 언뜻언뜻 밝은 달이 비쳤다.

어디로 가는지 알기는 했던 것일까?

그들은 어느 불 켜진 카페 앞을 지났다. 술 취한 사람이 하나 비틀거리며 카페를 나서고 있었다.

「자 그럼, 난 이만 파리로 가보겠소.」 매그레가 문득 걸음을 멈추며 말했다.

세 사람은 기뻐해야 할지 낙심해야 할지 모르는 채 그를 쳐다보며 아무 말도 하지 못했다. 그는 양손을 주머니에 찔렀다.

「어쨌든 아이가 다섯이나 되지 않소……」

그들은 그의 말을 제대로 들은 것인지도 확신할 수 없었다. 반장은 그 말을 혼잣말처럼 잇새로 중얼거렸기 때문이다. 그들의 눈에 비친 것은 멀어져 가는 그의 넓적한 등과 벨벳 깃을 단 검은 외투뿐이었다.

「픽퓌스 가에 하나, 오르샤토 가에 셋, 랭스에 하나……」

역에서부터 걸어간 르피크 가에서, 수위가 그에게 말했다.

「올라가실 필요 없어요! 자냉 씨는 집에 안 계세요……. 기관지염인 줄로만 알았는데 폐렴이라는 거예요. 그래서 병원에 실려 갔지요……」

그는 경찰청으로 차를 몰게 했다. 뤼카 형사가 사무실에 있었다. 법을 위반한 어느 술집 주인에게 전화 중이었다.

「내 편지 받았나……?」

「다 끝났습니까? ……잘 해결됐습니까?」

「천만의 말씀!」

그것은 매그레가 즐겨 쓰는 말 중 하나였다.

「다들 달아났나요? ……사실 그 편지 때문에 저도 엄청 불안했습니다. 리에주로 가볼까도 했지만……. 하여간 어떻게 된 겁니까? 무정부주의자들이었나요? 사전꾼들? 국제 범죄단?」

「애들이었다네!」 그는 중얼거렸다.

매그레는 가방을 벽장 안에 던져 넣었다. 독일의 전문가가 길고 자세한 보고서에서 〈양복 B〉라고 불렀던 증거물이 들어 있는 가방이었다.

「맥주 한잔하러 가세, 뤼카……」

「기분이 썩 좋아 보이지 않는데요…….」

「무슨 소린가, 이 친구! ……인생보다 웃기는 게 뭐 있겠나! 자, 갈까……?」

잠시 후 그들은 브라스리 도핀의 회전문을 밀고 있었다.

뤼카가 그렇게 놀라기도 드문 일이었다. 반장은 맥주가 아니라 가짜 압생트[18]를 연거푸 여섯 잔이나 들이켰던 것이다. 그러면서도 눈길만 평소와 달리 조금 흐려졌을 뿐, 여전히 굳건한 음성으로 이렇게 말하는 것이었다.

「이보게, 이런 사건을 열 건만 맡으라면 사표를 내야겠네……. 왜냐하면 그건 저 위에 하느님이라는 분이 경찰을 맡고 계시다는 증거가 될 테니 말일세…….」

하지만 웨이터를 부르면서 그는 또 이렇게 덧붙였던 것이 사실이다.

「걱정 말게! 그런 사건이 어디 열 건씩이나 있겠나……. 본부에는 뭐 새로운 소식이 없던가……?」

18 압생트는 알코올 농도 45~74도의 독주로, 프랑스에서는 1915년 압생트 제조가 금지된 후 그 대용주가 유통되었다.

『생폴리앵에 지다』 연보

제목

Le Pendu de Saint-Pholien

집필일

1930년 가을

집필 장소

콩카르노 근처 뷔젝콩크, 〈오스트로고트〉호 선상, 모르상쉬르센

초판 인쇄일

1931년 2월

초판 발행 출판사

Arthème Fayard & Cie

초판 서지 정보

판형 12 × 19cm, 분량 249면

초판 표지 사진

Lecram

작품 배경

벨기에 리에주, 독일 브레멘, 프랑스 랭스, 파리

참조 사항

생폴리앵이란 심농의 고향 리에주에 실제로 있는 성당 이름으로, 이 소설은 심농 자신이 젊은 시절에 있었던 일을 소재로 하고 있다. 리에주에서 신문 기자로 일하던 무렵 그는 젊은 학생 및 예술가들의 동아리 〈라 카크〉에 함께 어울렸는데, 작중의 〈묵시록의 동지들〉과 마찬가지로 버려진 빈 집에서 모이던 이 동아리의 일원인 조제프 장 클라인이 1922년 3월 생폴리앵 성당의 문에 목을 맨 채로 발견되었던 것이다. 죽음의 정황 자체가 애매하여 정말로 자살이었는지 아니면 자살을 위장한 타살이었는지는 끝까지 밝혀지지 않았다. 작품 곳곳에서 심농 자신의 젊은 날에 대한 회상과 연민 어린 공감이 배어나는 것을 볼 수 있다.

세계 주요 출간 현황

- 미국 초판: *The Crime of Inspector Maigret*(Covici, Friede, 1932)
- 영국 초판: *The Crime of Inspector Maigret*(Hurst & Blackett, 1933), *Maigret and the Hundred Gibbets*(Penguin Books, 1963)
- 이탈리아 초판: *Il viaggiatore di terza classe*(A. Mondadori, 1933)
- 독일 전집: *Der Gehangte von Saint-Pholien*(Diogenes, 2008)

영화 및 TV 드라마 각색

- 「The Children's Party」(1961), 영국, BBC, TV 드라마, Gerard Glaister 감독, Rupert Davies 주연
- 「Maigret en de drie gehangenen」(1968), 네덜란드, TV 드라마, Jan Teulings 주연
- 「Maigret et le pendu de Saint-Pholien」(1981), 프랑스, Antenne 2, TV 드라마, Yves Allégret 감독, Jean Richard 주연

조르주 심농 연보

1903년 출생 2월 13일 조르주 조제프 크리스티앙 심농Georges Joseph Christian Simenon이 벨기에 리에주 레오폴드 가 26번지에서 보험 회사 직원인 데지레 심농과 앙리에트 브륄 사이의 첫째로 태어남.

1906년 3세 9월 21일, 조르주의 동생 크리스티앙 출생.

1908년 5세 기독교 학교인 앵스티튀 생앙드레 데 프레르에 입학.

1914년 11세 예수회 교도들이 운영하는 생루이 중학교에 입학.

1915년 12세 생세르베 중학교로 전학해, 별 두각을 드러내지 못한 채 3년 동안 다님.

1918년 15세 아버지가 중병으로 쓰러지자 학업을 그만두고, 서점 등에서 이런저런 잡일을 하며 생계를 꾸림.

1919년 16세 벨기에 일간지 「가제트 드 리에주Gazette de Liége」에 입사. 1922년 12월까지 그곳에서 여러 가명으로 약 1천 편의 기사를 씀. 첫 콩트 중 하나인 『미지근한 과일 졸임 그릇*Le Compotier tiède*』을 씀.

1920년 17세 〈라 카크〉라는 술집을 드나드는 무명 예술가 및 작가

209

들과 교제하기 시작.

1921년 18세 화가 레진 랑숑을 만남. 심농은 그녀에게 티지Tigy라는 별명을 붙여 주고, 단 12부만 인쇄한 소책자 『우스꽝스러운 사람들Les Ridicules』을 바침. 첫 소설 『아르슈 다리에서Au Pont des Arches』가 조르주 심이라는 이름으로 출간. 11월 28일 아버지 데지레 심농이 44세의 나이로 사망. 심농은 즉시 자원 입대해 군 복무를 하기로 결심함.

1922년 19세 12월 파리 북역에 도착.

1923년 20세 레진 랑숑과 결혼하고 트라시 후작의 비서로 일하기 시작함.

1924년 21세 다소 가벼운 잡지들에 콩트를 쓰기 시작. 이 소설들은 장 뒤 페리, 조르주마르탱 조르주, 곰 귀, 크리스티앙 브륄, 조르주 심 같은 20여 개의 가명으로 출간됨.

1925년 22세 가을이 끝날 무렵 조제핀 바케르를 만남. 그들의 열정적인 관계는 1927년 6월까지 지속됨.

1928년 25세 선박 유람에 관심을 가지기 시작해 〈지네트〉호를 타고 프랑스의 운하와 강들을 유람함. 물길 안내인, 선원, 수문지기, 마부들의 세계에서 많은 영감을 받게 됨.

1929년 26세 주간지 『데텍티브Détective』에 조르주 심이라는 가명으로 퀴즈 식의 짧은 이야기들을 실음. 〈오스트로고트〉호를 타고 유럽 북부 운하들을 둘러봄. 9월 네덜란드의 델프제일 항에서 배를 수리하는 동안 처음으로 〈매그레 반장〉이라는 인물을 구상.

1930년 27세 조르주 심이라는 가명으로 낸 『작품집L'Œuvre』에 매그레 반장을 주인공으로 내세운 이른바 대중적인 소설 「불안의 집 La Maison de l'inquiétude」을 실음. 여세를 몰아 쓴 『수상한 라트비아인Pietr-le-Letton』을 출판인 아르템 파야르에게 보내나 아르템은 시큰둥한 반응을 보임.

1931년 28세 성공을 확신한 심농은 다른 두 편의 매그레, 『갈레 씨, 홀로 죽다*Monsieur Gallet, décédé*』와 『생폴리앵에 지다』를 쓰고, 결국 아르템 파야르에서 출간됨. 2월 20일 이 두 편의 소설이 〈인체 측정 무도회〉란 이름의 출간 기념회에서 소개되어 예상과 달리 큰 성공을 거둠. 그리하여 이해에만 무려 열한 편의 매그레가 출간됨.

1932년 29세 새 매그레 여섯 편이 출간됨. 4월 심농의 소설을 원작으로 한 첫 장편 영화, 장 르누아르의 「교차로의 밤*La Nuit du carrefour*」 개봉. 몇 주 후에는 장 타리드의 「누런 개*Le Chien jaune*」가, 그리고 1933년에는 아리 보르가 매그레 반장 역을 맡은 쥘리앵 뒤비비에의 「타인의 목*La Tête d'un homme*」이 개봉.

1933년 30세 추리 소설 컬렉션에 넣지 않을 첫 번째 작품 『운하의 집*La Maison du canal*』을 본명으로 출간. 그리고 「파리수아르Paris-Soir」 주관으로 트로츠키와 대담을 나누는 등 여러 편의 르포를 주요 잡지에 게재. 10월 가스통 갈리마르와 출판 계약을 체결.

1934년 31세 소설과 르포를 번갈아 냄. 갈리마르는 『세입자*Le Locataire*』를, 파야르는 수사 시리즈를 마친다는 의미로 간단하게 『매그레*Maigret*』라는 제목을 붙인 열아홉 번째 매그레를 출간.

1935년 32세 세계 일주를 하며 『흑인 구역*Quartier nègre*』과 『일주*Long cours*』(1936년 출간) 같은, 〈이국적〉 소설들을 씀.

1938년 35세 『지나가는 기차를 바라본 남자*L'Homme qui regardait passer les trains*』, 『라 수리 씨*Monsieur La Souris*』, 『항구의 마리*La Marie du port*』 등 주요 작품 여러 편이 갈리마르에서 출간.

1939년 36세 4월 19일 브뤼셀에서 티지가 첫 아들 마르크를 출산.

1940년 37세 샤랑트앵페리외르 지역 벨기에 피난민 고등 판무관으로 임명됨. 그를 진찰한 한 의사가 앞으로 2~3년밖에 살지 못할 거라는 진단을 내려, 겁을 집어먹은 그는 곧바로 첫 자전적 작품 『나는 기억한다*Je me souviens……*』를 유언 삼아 쓰기 시작함.

1942년 39세 생메스맹르비외에 정착. 『쿠데르 씨의 미망인*La Veuve Couderc*』과, 제목 그대로 매그레 반장이 돌아왔음을 알리는 단편집 『매그레 반장, 돌아오다*Maigret revient*』를 갈리마르에서 출간.

1945년 42세 나치에 부역했다는 혐의로 〈거주지 지정〉을 강요당해 사블돌론에서 지내다가 파리에 몇 달 머문 다음, 염두에 뒀던 미국행을 준비. 10월 티지, 마르크와 함께 뉴욕에 도착. 11월 캐나다 여성 드니즈 위메를 만나 첫눈에 반함. 이 첫 만남은 이듬해 초에 출간된 『맨해튼의 방 세 개*Trois chambres à Manhattan*』에 생생하게 묘사됨. 이 책을 시작으로 이후 그의 모든 작품들은 프레스 드 라 시테 출판사에서 출간됨.

1946년 43세 아내 티지, 정부 드니즈와 함께 자동차로 미국 횡단 시도. 11월 플로리다에 정착. 쥘리앵 뒤비비에가 『이르 씨의 약혼*Les Fiançailles de Monsieur Hire*』을 원작으로 영화 「패닉*Panique*」을 제작함.

1947년 44세 애리조나의 투손으로 이사. 그곳에서 『잃어버린 암말*La Jument perdue*』과 『눈은 더러웠다*La Neige était sale*』를 씀. 투마카코리에 잠시 머문 다음, 1949년 다시 투손으로 돌아감.

1948년 45세 앙드레 지드의 권고에 따라 『나는 기억한다……』의 분량을 늘려 소설화한 『혈통*Pedigree*』을 출간.

1949년 46세 제2차 세계 대전 동안 나치에 부역했다는 혐의를 벗음. 9월 29일 드니즈가 투손에서 둘째 아들 장, 일명 존을 출산.

1950년 47세 티지와 이혼하고 드니즈와 결혼. 코네티컷의 레이크빌에 5년간 정착함. 이 시절 심농은 『에버튼의 시계 수리공*L'Horloger d'Everton*』, 『매그레 반장의 권총*Le Revolver de Maigret*』을 비롯한 스물여섯 편의 소설을 써낼 정도로 왕성한 창조력을 발휘함. 토마 나르세자크가 『괴짜 심농*Le Cas Simenon*』을 출간.

1951년 48세 앙리 드쿠앵이 연출하고 장 가뱅과 다니엘 다리외가 출연한 영화 「베베 동주에 관한 진실La Vérité sur Bébé Donge」 개봉.

1952년 49세 로얄 아카데미 회원으로 임명됨으로써 프랑스와 벨기에로 금의환향.

1953년 50세 레이크빌 인근에서 드니즈가 딸 마리조르주 심농, 일명 마리조를 출산.

1955년 52세 유럽으로 완전히 돌아와 가족과 함께 처음에는 무쟁, 나중에는 칸에 거주함.

1957년 54세 가족과 함께 스위스의 보 주(州)에 있는 에샹당 성에서 살기로 결정. 장 들라누아가 장 가뱅 주연의 「매그레 반장, 덫을 놓다Maigret tend un piège」를 제작. 그는 1959년, 역시 장 가뱅이 주연을 맡은 「매그레 반장과 생피아크르 사건Maigret et l'affaire Saint-Fiacre」도 제작함.

1959년 56세 로잔에서 드니즈가 막내 피에르를 출산. 프레스 드 라 시테가 심농이 쓴 몇 안 되는 에세이 중 하나인 『프랑스 여성*La Femme en France*』을 출간함.

1960년 57세 제13회 칸 영화제 심사 위원장을 맡음. 의학 소설 『곰 인형*L'Ours en peluche*』 출간.

1962년 59세 드니즈의 하녀 테레자 스뷔를랭과 연인 관계를 맺기 시작. 그녀는 서서히 그의 동반자 자리를 차지하게 됨. 장 피에르 멜빌이 심농의 동명 작품을 영화화한 「페르쇼 가의 장남*L'Aîné des Ferchaux*」을 제작. 장 폴 벨몽도와 샤를 바넬이 주연을 맡음.

1963년 60세 에샹당을 떠나 로잔 근처의 에팔랭주에 정착. 『비세트르의 고리*Les Anneaux de Bicêtre*』를 출간.

1966년 63세 9월 3일, 네덜란드 델프제일 항에 매그레 반장 동상이 세워짐.

1967년 64세 심농 전집(72권)이 랑콩트르 출판사에서 출간되기 시작. 1971년 영화화되기도 한 작품 『고양이Le Chat』 출간.

1970년 67세 1929년에 재혼해 조제프 앙드레 부인이 된 어머니 앙리에트 심농이 90세의 나이로 리에주에서 사망. 두 번째 자전적 작품 『내가 늙었을 때Quand j'étais vieux』 출간.

1972년 69세 마지막 본격 소설 『결백한 자들Les Innocents』과 마지막 매그레 『매그레와 샤를 씨Maigret et Monsieur Charles』를 출간. 9월 18일 평소처럼 서류 봉투에 책 제목을 쓴 후 갑자기 이 책을 쓸 수 없다는 것을 깨닫고, 즉시 소설 창작에 마침표를 찍기로 결심.

1973년 70세 더 이상 다른 사람 아닌 자기 자신의 입장에 서기로 결심하고, 녹음기를 장만해 자신에 대해 말하기 시작.

1974년 71세 에팔랭주를 떠나 로잔의 〈라 메종 로즈(장밋빛 집)〉로 이사. 『어머니께 보내는 편지Lettre à ma mère』 출간.

1975년 72세 스물한 편의 〈구술Dictées〉 가운데 첫 두 편, 『남다르지 않은 사내Un homme comme un autre』와 『발자국Des traces de pas』 출간.

1976년 73세 심농 재단을 설립한다는 조건으로 리에주 대학교에 자신이 소장한 문학 자료들을 기증.

1978년 75세 5월 19일 마리조가 권총으로 자살함.

1981년 78세 마지막 〈구술〉 네 편(『우리에게 남은 자유Les Libertés qu'il nous reste』, 『잠든 여인La Femme endormie』, 『낮과 밤Jour et nuit』, 『운명Destinées』), 그리고 그의 작품 중 가장 분량이 많은 『내밀한 회고록Mémoires intimes』을 출간.

1985년 82세 6월 24일 첫 아내 레진 랑숑 사망.

1989년 86세 9월 4일 월요일, 스위스 레만 호숫가, 로잔의 보 리바주 호텔에서 사망.

매그레 시리즈 03 생폴리앵에 지다

옮긴이 최애리는 서울대학교 및 동 대학원에서 불어불문학을 공부했고, 중세 문학 연구로 박사 학위를 받았다. 지은 책으로 여성 인물 탐구 시리즈인 『길 밖에서』, 『길을 찾아』가 있고, 옮긴 책으로 버지니아 울프의 『댈러웨이 부인』, 피에르 그리말의 『그리스 로마 신화사전』(공역), 크레티앵 드 트루아의 『그라알 이야기』, 슐람미스 샤하르의 『제4신분, 중세 여성의 역사』, 프랑수아 줄리앙의 『무미 예찬』, 자크 르 고프의 『연옥의 탄생』 등이 있다.

지은이 조르주 심농 옮긴이 최애리 발행인 홍지웅

발행처 주식회사 열린책들 주소 경기도 파주시 교하읍 문발리 499-3 파주출판도시
대표전화 031-955-4000 팩스 031-955-4004 홈페이지 www.openbooks.co.kr
Copyright (C) 주식회사 열린책들, 2011, Printed in Korea.
ISBN 978-89-329-1503-6 03860 발행일 2011년 5월 20일 초판 1쇄
2011년 5월 25일 초판 2쇄

이 도서의 국립중앙도서관 출판시도서목록(CIP)은 e-CIP 홈페이지(http://www.nl.go.kr/ecip)와 국가자료
공동목록시스템 (http://www.nl.go.kr/kolisnet)에서 이용하실 수 있습니다.(CIP제어번호: CIP2011001887)